倪霞 著

玫瑰开在耳垂上

文化发展出版社
Cultural Development Press

图书在版编目（CIP）数据

玫瑰开在耳垂上 / 倪霞著. —北京：文化发展出版社，2019.1
ISBN 978-7-5142-2510-5

Ⅰ.①玫… Ⅱ.①倪… Ⅲ.①散文集—中国—当代 ②读后感—作品集—中国—当代 Ⅳ.①I267

中国版本图书馆 CIP 数据核字（2019）第 003036 号

玫瑰开在耳垂上

倪霞 著

出 版 人	武　赫		
主　　编	凌　翔		
策划编辑	肖贵平	责任编辑	肖贵平
责任校对	岳智勇	责任印刷	杨　骏
责任设计	侯　铮	排版设计	浪波湾

出版发行	文化发展出版社（北京市翠微路 2 号 邮编：100036）
网　　址	www.wenhuafazhan.com
经　　销	各地新华书店

印　　刷	三河市华东印刷有限公司
开　　本	787mm×1092mm　1/16
字　　数	190 千字
印　　张	13
印　　次	2019 年 3 月第 1 版　2019 年 3 月第 1 次印刷
定　　价	49.80 元
ISBN	978-7-5142-2510-5

如发现任何质量问题请与我社发行部联系。发行部电话：010-88275710

代序

抬手画莲人
——读倪霞《本来生活》专栏
李专

在咸宁,倪霞不是文字最好的女作家,却是创作最丰富的女作家。《本来生活》好像是要记录最平凡庸常的生活,却昭示了作者是一位最有激情的生活者。她读书就是在品味生活,她生活着就是在书写着。生活、读书和写作,在她的生命中是完全没有界限的,是合而为一的。这是一种诗意生活,是一种快意人生。

热爱生活的女人都爱耳环,日积月累地淘买,倪霞为自己淘来了足以开一间饰品店的耳环。耳环,是一种小饰品,也是倪霞诗意生活中的一瓣小花朵。且看倪霞是如何写耳环的,她为这篇文章取了一个多么诗意的名字——《玫瑰开在耳垂上》。这个题目打动了我的妻子,在妻子的提示下我看了这篇文章。文章里我看到了倪霞式的生活智慧,那是曼妙的动人的生活智慧。倪霞这样说:"无论哪个时代,都有花花世界,女人常常要用耳垂上的美丽来拒绝不同时代的流言蜚语入侵大脑,让耳朵接上地气稳住属于自己的生活方向,拒绝和傲视生活中所不齿的一切!"

倪霞的人生有许多的母亲印记,"妈妈语录"是她经常引用的,也是读者非常喜欢的。在《本来生活》50篇文章里,提到母亲的文章大概有10多篇。倪霞在《买本书送母亲》的文中说:"我是一个平凡之人,写字出书也只为博得老父、老母的开心。"这可能是她写书原动力中的一个,实际远远不只这样,她的文字经常打动着天南地北的读者,她在公汽上也能遇到"熟识的陌生人",这个人往往是她的铁杆粉丝,熟悉她的每一本书,关注她的每一篇文章。也是在这篇文章里,她引用了哥哥的一句话:"你和妈妈是不同的,妈妈只知道顾全大局,不知道顾自己,而你是能顾大局同时懂得顾自己。"这就是生活,这就是人生,这就是生活和人生的质感。

山野里一株梅楂被旁人砍倒了,倪霞会小心翼翼地捧回家,并把它养得姹紫嫣红。倪霞的生活和倪霞的文章有不少的小女人情怀,但又远远不止这些。倪霞在宝通禅寺大门上看到一副8字对联"庄严国土,利乐有情"。她动于心的不是"利乐有情"这4个字,而是"庄严国土"这4个字,她心里常有大情怀、大担当。写作《本来生活》专栏时,正是她夜以继日地写作长篇小说《守望木棉花》之际,她像战士一样披挂上阵,让笔下的文字汇聚成河,去讴歌用鲜血和生命保卫祖国的人。

我感觉到最能体现倪霞生存状态的是那篇《抬手画莲》。"平常,当我什么都不想做时,特别是开无趣的会议时,不经意间,我会提笔随手画莲花。没有笔时,我会用指尖在桌上画,在灰尘上画。原来,是画莲的心事啊。"

在生活中,在文坛里,倪霞本身就是一株莲。

写于2012年5月

(作者系咸宁市文联、作协主席)

目　录

第一辑　书香一路

书香一路　002
人生价值　005
雨　情　008
晨　读　011
苦难的母亲
——读莫言《丰乳肥臀》有感　014
在汉字中弹奏诗的韵律　018
邪灵般的魅力　021
哭泣的"巨流河"
——齐邦媛《巨流河》多次痛哭记录　024

青春回顾　027
伤与痛
——读《追风筝的人》有感　029
歌　者　031
"紧皮手"之恋
——读《末代紧皮手》之感　033
烟雨楼台庄园梦　036

第二辑　另一扇窗

为你打开一扇窗　042
情缘前世定　044
文字越千年　046
生之偶然　048
莫问奴归处　050
舍　得　053
李陵殇　055
司马迁之痛　057

吕雉的悲哀　059
寂寞歌舞问苍天　061
错　过　063
守望者　065
水　思　067
祖先的光芒　069
人生如书　071
《他总是笑》带来的反思　073
在读与写中修行　075
灵魂里的香气　077
敦煌感伤　079

第三辑　真情阅读

可爱诗人叶文福　084

诗人的保护神
——叶文福与王粒儿的爱情故事 092
笔尖的驰骋 099
仰望或者倾听
——读刘学刚散文有感 103
自由行走的花 111
抬手画莲 113
熟识的陌生人 116
买本书送母亲 118
当阅读已成习惯 121

第四辑 行走的歌

有多少日子走天涯 124
泰山无语 127
远方更远 130
穿越呼伦贝尔草原 133
俄罗斯风情满洲里 136
羞羞答答见天池 138
红尘一笑少林寺 141
驮碑的赑屃 144
鸡公山上黯然神伤的蒋介石 146
望利川 150
宝通禅寺 157
万人如海一身藏 159

03

第五辑　本来生活

玫瑰开在耳垂上　164

女儿如花　166

丹青照我心　169

男佩观音女戴佛　173

采得梅楂进我家　175

为两棵树哭泣　177

皇帝也有草鞋亲　180

从前慢　183

回娘家"吹牛"　186

遇到过去的自己　189

散落在天涯

——《守望木棉花》作者说《芳华》　191

尘世里的归宿　195

满屋书香慰平生　198

第一辑　书香一路

书香一路

  少时在学堂读书,印象最深的是,老师挑着箩筐把新书挑来了。拿到手的书,那种泛着淡淡油墨味的书香可以把小小的我熏醉。捧着新书,把整个脸埋到书页里,嗅了又嗅,那种感觉,太妙了!

  读故事书是从小人书开始的。四分之三的画面,四分之一的下边是每一个画面的故事内容,可谓图文并茂,十分喜欢,也易懂。记忆最深的有三本。相继是《披荆斩棘》《总理与我们心连心》,还有一本是日本电影《人证》。

  前者是因为这几个字让我感到很拗口,因为拗口反而很深刻地让我认识了"荆棘"两个新字。再者是因为封面的色彩极其美丽,各种穿着不同服饰的不同人物带着笑容,围着身穿中山服、笑靥慈祥的周总理。现在想来,那画面就是温馨与和谐。后者是故事中的母亲亲手杀了自己的儿子,让年少的我煞是震惊和不解。后来那部电影我看了,那首悲怆的"草帽歌"此生不忘。

  那时,断断续续我拥有了几十本小人书。常常会想,哪天也可以把我的小人书拿到街上摆个书摊租给别人看,那样就可以用租来的钱再去买书,还可以常常吃上甜甜的冰棒。后因父母工作的调动,几次迁徙,我的小人书也失落了一部分,书摊没摆成,倒是在小人书中的我已渐渐长大,再也不仅只满足于读小人书的需求了。

后来开始读杂志。那年月读得最多的是《知音》《读者文摘》(现在的《读者》),也读《散文》《雨花》等。当然也能读到一些报纸的副刊。偶尔也会借到《人民文学》《芙蓉》《名人传记》等篇幅较长的小说来读,虽然有些故事并不能完全理解。

少女时期爱上了读诗词,最爱是宋词。一男孩知道我喜读书,不知从哪里弄来一本《宋词小札》借给我,如获至宝。一向诚信不贪小便宜的我,那本书却迟迟未还,最后据为己有。不过在扉页上写了一句"倪霞'混'来书"。既为了永久拥有,更为了平衡自己那颗不安的心。这本书至今仍在我的书橱里,尽管后来我拥有了更多自己所买的不同版本的诗词类书,但这本却是我倍加珍视和爱惜的。不仅因为得来不易,更因为它充实和陪伴了我无数个多愁善感的青春岁月。

一路走来,读的书更多了,包括古今中外不同的名家名著都有所涉猎。虽然只是粗略地读,但开阔了我的视野,见识了不同的朝代,看到了不同人物的命运。慢慢地,自己也拥有了不少书,曾经因为不愿借书给人,落个"守书奴"的美称。

曾经随在武大读书的侄女听了一堂武大文学院院长樊星主讲的"改革开放三十年来的中国文学"。其中提到的代表性文学作品,有一半是我读过的,对于一个没有上过大学,仅只读过卫校的我,有一刻,我感到了爱文字给我带来的欣慰和自信。

触动我的文章与故事,太多太多,难以一一枚举。在读的过程中我记了大量的读书笔记。读初二时开始记日记,一记便是二十多年不曾中断过。做这一切,没有人给予我任何任务,更谈不上强迫。

一直是爱！

一份对文字情有独钟的爱，让我不知不觉地完成一本又一本书的阅读和感悟。影响我不知天高地厚也提笔写文章的，该是读三毛。她那份浪漫的气息、潇洒的文字和异域的风情，一直是我骨子里向往的。拥有她所有文字的不同版本多套。所以我也喜欢写游记，尽管我的游记写得不"咋的"，可是那个过程，我实实在在地享受着。

在生活上给我警醒的当属法国作家左拉的《小酒店》。故事中女主人公的丈夫本是一个勤劳的工人。只因一次意外事故，休长假后的他竟彻底变成了一个懒惰颓废之人。最后与妻子一起在"好吃懒做"中让整个家庭慢慢衰落。

给我的感触是，丧失了对生活积极向上之心的人，多么可怕！当时读这部小说，读得极慢，极不容易，总是感觉文字有些疲沓，还有一种阴暗潮湿之感常常袭来，是我不喜欢的。压着自己慢慢读下去，没想到留下的感悟却也是最深的。

这就是文学与书的魅力。

以《小酒店》主人公为例，生活上遇到再大的困难，我总是告诫自己，一定要精神不垮，勇往直前。如果精神垮掉了，生活也会垮掉无疑。

近两年爱读佛教类的书。2007年从西藏获得《西藏生死之书》《心灵神医》。两本好书让人心净地看到一个不同的世界。

通过网络，在我读的视野里，看到了不同的色彩。同时，世界近了，距离短了，可读的书更是让人眼花缭乱。同时，让我深深懂得，书海、人海、网海、山外山，强中手……一切的一切，我只是一粒沙、一颗尘、一滴水、一缕风，如此平庸，如此渺小……

人生价值

"师长"荐我读杨绛先生的《走到人生边上》。托静萍从武汉寄来，如获至宝，时时捧读。

书中提得最多的是人的"灵性良心"，说人乃万物之灵，所以需要修身，修身时受锻炼的是灵魂。还谈到一些无法释解的鬼神之惑，及人世间经历的种种怪事。最终说到人的一生还是命运主宰、灵魂的修为，才得以实现人生的价值。读之有悟。

有一段这样的话："只有相信灵魂不灭，才能对人生有合理的价值观，相信灵魂不灭，得是有信仰的人。有了信仰，人生才有价值。"

一个96岁的老太，思维之敏捷与睿智，语境之紧凑与练达，让后生心生敬慕与开怀。读的过程中除了思索与受益，常常让我想起2004年读她的《我们仨》时截然不同的感受。相比之下，《我们仨》带给我的震荡、记忆、思绪更多于这本《走到人生边上》，特别是那份人生如梦的忧伤之感慨，常萦心间。

《我们仨》，以丈夫钱钟书、女儿钱瑗相继离世为索引，用一种离别梦境的开始，寻找生命中两位至爱的行踪。以"我们仨失散了"的"万里长梦"记述了一家三口在"梦境"中的历程。如梦如幻又真实，缓缓流淌，娓娓道来。常常读得我泪湿又欢颜。

书中记载了一个高级知识分子的一生，家庭诗书和谐、与世无争其乐融融。同时，又从多个侧面记录了新中国成立前后，其人生路上的波折与坎坷，以及个人命运与国家命运紧紧相连的事迹。特别让人感动的是，分明是一对为国家做了巨大贡献的文化人，却感恩于普通人所不及。

"……我们在旧社会的感受是卖掉了生命求生存，因为时间就是生命。在新中国，知识分子的生活都是由国家包了，我们被分配了合适的工作，只需全心全意为人民服务，只是我们不会为人民服务，因为我们不合格，然后国家又赔了钱重新教育我们，我们领了高工资受教育，分明是国家亏了。"

新中国成立前夕，国民党想让钱杨夫妇同去台湾，同时有国外的邀请。他们都拒绝了。"……一个人在紧要关头，决定他何去何从的，也许总是他最基本的感情。我们从来不唱爱国调，非但不唱，还不爱听。但我们不愿逃跑，跑出去仰人鼻息，做二等公民，我们不愿意。我们是文化人，爱祖国的文化，爱祖国的文字，爱祖国的语言。一句话，我们是倔强的中国老百姓，不愿做外国人，我们并不敢为自己乐观，可是我们安静地留在上海，等待解放。"

平实感人的话语，字字珠玑，满目皆是。读来受益匪浅，如美食，如甘露，养我脑目，润我心田。

在女儿和丈夫相继离世后，文中引用一句话，当时看了，过目成诵。在我平凡的生活里，常常咀嚼这两句："世间好物不坚牢，彩云易散琉璃碎。"那份离情，让人心酸泪流。

什么是人生的价值？

在平凡人生中不断求进取，爱国爱家爱人民。在钱杨夫妇身上的价值,分明是不凡的人生,分明是对祖国、对人民的爱与贡献。而他们却极其低调与平常心对待,真诚而平实。在他们的领域与人生境界里,又何尝不是佛心佛性的写照呢!

他们的人生价值与祖国心连心,他们在文字与学问的长河里,得到了永生……

雨　情

经过几天不正常的闷热，在某个黑夜里的几声响雷，炸开了云雾。雨，淅淅沥沥地下了起来；风，吹开了街上千朵万朵如花的雨伞。草坪上蔫蔫的草，仿佛在瞬间，吱溜溜地绿了开来……

暗暗的阴雨，丝毫不影响我在明亮的办公室内，享受一本好书、一杯清茶的滋味。偶尔抬头看窗外烟雨一片，悠远而怅惘，思绪了无痕。心，却是静而美好的。

已是第三遍读余光中的散文《听听那冷雨》。爱雨的我读了这样的文字，才懂得什么是切肤之感受，什么是经典之作。这些文字中的意境只容你一遍又遍地赏读和学习，透过文字，真切地看到自己渺小成雨珠一颗，而作者的这些文字，才是真正的舶来之雨，才是天上飘至人间的精魂。

实在不忍，不忍丢下那些搅动我心境、灵动的字字句句，于是提起笔，摘下片片雨瓣，夹在我雨梦中的线装书里……

"惊蛰一过，春寒加剧。先是料料峭峭，继而雨季开始，时而淋淋漓漓，时而淅淅沥沥，天潮潮地湿湿，即使在梦里，也似乎有把伞撑着，而就凭一把伞，躲过一阵潇潇的冷雨，也躲不过整个雨季。连思想也都是潮润润的……这种酷冷吾与古大陆分担。不能扑进她的怀里，被她的裙边扫一扫也算是安慰孺慕之情吧……"

老先生的雨，是寄予大情大思大悲大爱的雨，是对隔海相望的刻骨与思念。我继续沉醉在他的雨思里，不能醒来。

"……只要仓颉的灵感不灭，美丽的中文不老，那形象磁石般的向心力当必然长在。因为一个方块字是一个天地。太初有字，于是汉族的心灵他祖先的回忆和希望便有了寄托。譬如凭空写一个'雨'字，点点滴滴，滂滂沱沱，淅淅沥沥，一切云情雨意，就宛然其中了……"

老先生的雨来了，从古大陆下到了伤心的台北，一片片雨如一个个飘散在天空中的方块字，在异乡，下成汪洋一片；在心中，下成雨的乡愁，雨的思念。雨的柔韧，雨的牵线。

听，那是雨的击打和哭泣……

"……雨打在树上和瓦上，韵律都清脆可听。尤其是铿铿敲在屋瓦上……由远而近，轻轻重重轻轻，夹着一股股的细流沿瓦槽与屋檐潺潺泻下，各种敲击音与滑音密织成网……雨来了，雨来的时候瓦这么说，一片瓦说千亿片瓦说，说轻轻地奏吧沉沉地弹，徐徐地叩吧挞挞地敲，间间歇歇敲一个雨季，即兴演奏从惊蛰到清明，在零落的坟上，冷冷奏挽歌，一片瓦吟千亿片瓦吟……"

窗外飘飞的雨丝，先生笔下的雨情，突然让我想起远在台中的舅公，离开家乡近六十年的舅公。每次收到舅公的来信，那一笔书法体的繁体字，那保持着古中国书信的书写格式，那笔墨渗透和传递着先祖的情怀，仿佛我才是异化了的中国公民，而在舅公的身上，固执地留存着祖先的印痕，自远祖飘来的墨香与古韵。每次手捧书信，总是一遍一遍地，沉醉，沉醉，再沉醉。

继续读着先生的《听听那冷雨》，仍有太多的美不忍舍弃，依然让它融入我心中的雨景之中，在我心梦的线装书里撒下香花片片……

"……滔天的暴雨滂滂沛沛扑来，强劲的电琵琶忐忑忐忑忐忑忐忑，弹动屋瓦的惊悸腾腾欲掀起……听听那冷雨，回忆江南的雨下得满地是江湖……千片万片的瓦翩翩，美丽的灰蝴蝶纷纷飞走，飞入历史的记忆……"

此刻，再次深深地领会，先生的"我在这头，大陆在那头"的诗句，为什么能够打动那么多两岸人的深情。

人生于世，不仅仅是衣食住行，有那么多的生命渴望着激情，抚慰着离情，相望着真情。是这一切支撑着我们，面对生活中的苦痛，生命中的疾病，甚至残酷中的打击；人生的风雨，一步一步走过，一趟一趟回望，让不同的风景，串在生命的归途中……

晨　读

　　昨醉，晨醒。辗转再难眠。空调房内好读书，于是，捧读李清照。

　　刘小川一部《品中国文人》，让我也跟着他痴迷于古文人的不同豪迈与柔情里，温暖着我心无所宿且乏味的日子。

　　他品李清照，入木三分，荡气回肠。

　　刘小川，四川眉山人，与东坡是同乡，且供职在三苏（苏氏父子）文化研究院，干的就是与古文人对话，与苏洵、苏轼、苏辙父子同在的工作。其人相貌除了书卷气之外，还有牛眼、牛鼻、牛神气。60年生辰，属牛乎？可称牛人奇人耳。

　　回到他品李清照的文字里："历史的星空，尽管女人寥寥，但总算有一个李清照，光辉不让须眉……她优美优雅，风骨天成，雍容华贵而又面目清新，向当世向后人，亮出她光彩照人的身姿……"

　　李清照出身名门，有宠爱她的父亲，所以少女时便有"和羞走，倚门回首，却把青梅嗅"的诗句，充满了对爱情的向往。

　　刘小川把少时李清照的成长环境来剖析："李清照从小受父亲影响，

生长的环境宽松,性格中洋溢着自由元素,而大量的阅读和写作,又使她汲取了文化的力量。她过着传统的日子,却有传统不能束缚的自由面孔。"

在爱情与婚姻上,在那样的封建年代,李清照是幸运儿。不但能嫁给她爱也爱她的人,而且嫁了一个宠她并懂她,品学兼优的好男人。

且看刘小川说:"李清照18岁嫁给丞相的儿子、金石学家赵明诚。这位品德高尚的贵族子弟,享誉南北的学者名流,在那个男权遮天的年代,破天荒成了妻子的陪衬。"

李赵二人过着夫妻恩爱、琴瑟和谐、诗书同赏、金石共鸣的美好日子。李清照写完诗,总要赵明诚和诗,赵为了逃避写和诗,有个口头禅:"易安居士堪比东坡居士,赵某不才,岂敢岂敢。"

这份幽默又和谐的赞美,当是李清照作为女人、作为妻子的幸福写照。所以相爱的人小别后才有了《一剪梅》的诞生,让"花自飘零水自流,一种相思两处闲愁……"的爱,唱至永远。

美好的夫妻生活,随着赵明诚49岁那年突然病故而戛然断裂。真是上苍也妒相爱人。一首七夕写下的《行香子·草际鸣蛩》,成了他们从此阴阳相隔的写照:

草际鸣蛩,惊落梧桐,正人间天上愁浓。云阶月地,关锁千重。纵浮槎来,浮槎去,不相逢。星桥鹊驾,经年才见,想离情别恨难穷。牵牛织女,莫是离中?甚霎儿晴,霎儿雨,霎儿风!

他们共同生活了二十八年,这二十八年敌过人间平常夫妻二百年,他们相知相守与相携,可称高质量的夫妻生活,就连上天也没有赐予他们孩子,唯恐打扰了这份完美的爱情。人间平常夫妻,却要孩子来牵着一份游移不定又易伤的情感。这样想来,老天又是公平的。

在国破家亡颠沛流离的日子里，李清照是具有男儿豪气的爱国女诗人，于是有了"生当作人杰，死亦为鬼雄。至今思项羽，不肯过江东"的悲壮诗句。

刘小川对这首诗给了一句精彩的点评："任凭失国的痛的种子开出灿烂的词语之花。"

寻寻觅觅，冷冷清清，凄凄惨惨戚戚。乍暖还寒时候，最难将息。三杯两盏淡酒，怎敌他，晚来风急？雁过也，正伤心，却是旧时相识。

满地黄花堆积，憔悴损，如今有谁堪摘？守着窗儿，独自怎生得黑？梧桐更兼细雨，到黄昏，点点滴滴。这次第，怎一个愁字了得？

再读这首自少女时就爱读的词，此刻，潸然泪下。在这个醉后酒醒的清晨，在越时空的文字前，为杰出的女诗人失去心爱丈夫后的凄凉暮年，为一个人不能全好的命运而伤感。

刘小川说："这首《声声慢》，乃是宋词的巅峰之作，不逊于苏东坡、辛弃疾的任何词作。她的哀愁，也是古往今来受欺压遭凌辱的所有女人的哀愁。句句血泪，不忍卒读。命运能毁灭她，但不能打败她。"

李清照活过了七十岁，在那个时代，能过古稀之年的人不多。

最后来读一首《武陵春》：

风住尘香花已尽，日晚倦梳头。物是人非事事休，欲语泪先流。闻说双溪春尚好，也拟泛轻舟。只恐双溪舴艋舟，载不动许多愁。

随着刘小川品李清照的文字终了，放下书，裹着毛毯，扑在床上；提笔，记下，这载不动的千古愁……

苦难的母亲
——读莫言《丰乳肥臀》有感

上官吕氏和丈夫上官福禄及儿子上官寿喜,照料家里的一头母驴生产。侧房里,上官吕氏的媳妇上官鲁氏,因为生的是第八胎,加之前七胎全是女儿,所以,她不如母驴珍贵,她只能自己独自分娩。这个女人,即是贯穿全书的母亲。小说以人畜生产的痛苦,夹杂着邻居司马亭"日本人来了……"的叫喊开始,一幅惊心动魄、苦难深重的画面,呈现在读者眼前。开篇描写,触目惊心,惶惶然然,阴云笼罩高密东北乡,笼罩在中国大地上……

另一幅画面,蛟龙河上,七个上官家的姐妹,在河里捉虾,希望能为在家里生产的母亲增加营养,这七个分别叫"上官来弟、招弟、领弟、想弟、盼弟、念弟、求弟"的姐妹,更希望母亲能为她们生个期盼中的小弟。河边捉虾的她们,看到往草甸上倒酒的司马库,看到丛林里端着枪的"黑脸"游击队员,但她们并不知晓,日本人的到来,到底有多可怕。

驴的难产，在冒着日本人来了的危险，接来了攀三为驴接生，把难产的驴婴接出来了，一次救两命，也算是民间奇人。可是，日本人来了！火光中，穿着黄军装，着深皮靴，戴着圆顶铁帽，骑着马儿，嗖嗖而来；挥着砍刀，砍向灌木丛中的男人；杀进村子，杀进上官家的院子，杀死了上官父子，杀死了不得不请来为难产的母亲接生的接生婆孙大姑……一路鲜血，鲜血一路，与上官鲁氏难产的鲜血一样，惊心刺目！

在母亲难产，日本人屠杀亲人，八姐玉女出生几分钟后，上官金童——这个有着瑞典传教士玛洛亚血统的"杂种"，来到了这个苦难的世界。

乌鸦逼近被日本人杀死已经腐烂的乡亲，惨烈昏沉的场景，送亲人的哭泣与无奈，在外来侵略者的屠刀下，是如此的无望与没有方向，家园失去了原有的宁静。故事从这时开始，以"我"，即上官金童的口吻来述说，以一个孩子的眼光，多次诗意地描写母亲的丰乳，那喂养孩子生命的神圣之乳。日本人带来了灾难，本是中国人的"鸟枪队"，为上官鲁氏和马洛亚牧师带来了灾难。母亲的双乳惨遭践踏，马洛亚牧师跳楼身亡，于上官金童来说，灾难才只是开始。

母亲的女儿们一个个在长大，长大的女儿就会有儿女情长之事，这是定律。上官来弟和沙月亮私奔了，无奈的母亲面对前来声讨的哑巴孙不言三兄弟时，镇定自若；高密东北乡冬天的冰河之美跃然纸上，上官家的女儿们来到冰河上破冰捕鱼时遇到带兵的司马库，二女儿招弟爱上已有三房太太的司马库，并随他一起走上"响马"之路，两个人一起演抗日戏，一幕高密东北乡的"茂腔"，锣鼓喧天，咣咣演绎着抗日的故事。这一段描写充满了浓郁的民族色彩，用诗般的语言，让读者心醉。可是，日本人来了，践踏家园，包围村庄，杀死了司马库一家19口，更长的噩梦开始了……

三姐的爱人鸟儿韩让日本人捉走，三姐疯癫成了"鸟仙"，美丽的

"鸟仙"设坛为民医病问卜，开出神奇的药方为许多人治好了病，这些神秘的民间故事，为读者带来一层毛森森之神秘感，神奇又无解的民间巫术，神化丰满了这部小说的内涵。最终，三姐领弟，化作"鸟仙"扑向悬岩，飞旋而去。

饥饿的逃荒路上，母亲领着孩子们向上帝那碗腊八粥进发，苦难的母亲领着一群苦难的中国孩子；平凡甚至有些招人烦的攀三大爷，这个平凡的角色，在乡亲逃难的路上，在危急时，用自己的皮袄和生命点燃当灯，照着那些要倒在冰雪中的人站起来，走过死亡这一劫。

金童的几个姐姐相继生子，以不同的夫婿却相同的乳汁出现在画面里，生出的孩子却只能交给上官鲁氏，那个苦难的养了9个孩子的母亲，又要帮着养几个外孙。在逃难的日子里，母亲不得不卖掉两个女儿，用卖女儿的钱来喂养上官金童和大姐、二姐留下的孩子。上官金童梦着母亲的乳房和奶香，一辈子没有离开这个梦，一辈子背着沉重的恋乳症不能做正常人。

全书常常有充满诗意的对乳房、乳汁的描写，从母亲到几个做了母亲的姐姐，可无一例外地，都是乱世里充满着美好又苦难的乳房，奶汁是血，是娘的血。书中贯穿着许多梦呓般的对村庄的描写，以及生动的生活场景，随处皆是。如吃奶的孩子，蓝得透明的天，泛着花香的草地……这些诗般的场景，勾勒的却是苦难的难以生计的日子，是一个苦难的母亲在支撑，用她的血液、乳汁和整个生命在支撑着孩子、支撑着生活。

故事后来写到惊心动魄、惨不忍睹的"土改"运动，三年自然灾害带来人不如畜的可怕，以及"文革"时期，天灾人祸在人间肆意横行，不曾停过……母亲始终以她坚韧的精神，支撑着每一个孩子的生活。母亲是善良和伟大的，在邪恶面前，母亲是舍己勇敢的。司马库既是好人又是魔鬼；鸟儿韩多年前让日本人抓到日本后逃跑，被困在森林里15

年，过着野兽一样的生活，却始终没有忘记要回到中国去；孙不言在抗日战争中成了英雄人物，可又因为生理原因，成了一个变态之人；母亲的8个女儿，一个个死去……

故事直到改革开放时期，母亲还要遭受拆迁的苦难，同时书中用乳房来讽刺男人的贪婪和无度，以及在和平年代对人性的思考。母亲的一生，历经恶毒的婆婆、歹毒的男人、借种生子的磨难。这位名叫鲁璇儿的母亲，集聚了中国母亲所有的苦难，用孱弱之身，为一群儿孙遮风挡雨，用疲惫的双乳，哺育着孩子，直至乳汁干涸，生命终止！

不管是母亲，还是母亲生下的8个姐姐，一律没有走出"苦难"的阴影，她们在苦难的人世间，以做女人、做母亲的苦难，用苦难的乳房，迎接命运多舛的人生，繁衍和喂养后代……

所以，莫言在书中开篇题记中写道："谨以此书献给母亲的在天之灵！"

今天是母亲节，谨以此读后感献给天下母亲。

在汉字中弹奏诗的韵律

> 如此醉心地爱一首诗／比爱一个人更可靠／更幸运。
>
> ——阿毛

从《变奏》的诗行抬起头，同事们都下班了。虽不是沉醉，但一定有触动和感悟。走在下班的路上。走过我每天坚持以散步回家的那条街，无论刮风下雨还是艳阳高照，一直朝着回家的方向，前行……

从"中国卫生"大楼出发，走过烟草局、幸福小区；超市、网吧；水果摊、牛奶店；樟树排排，排排樟树；通羊四小和门前的烧烤摊，以及围着眼馋的孩子们。穿过红绿灯、检察院、电信局、发型店、洗车坊和居民区、酒店，过徐家桥，来到我喜欢的河堤边。右边是大大小小的餐馆与形形色色的歌厅，它们热闹着小区的生活，可它们打扰不了这条河一如既往的向前与宁静。

夕阳照在清凌凌的河水上，泛着金光。前几天一直是雨，特别是暴雨后的河水，涨得漫过了堤坝，在桥墩之间翻腾着黄色的波浪，煞是壮观。这两天,雨歇天阴,河水很快退了去,显出远处的沙滩让人遐想。看来,不仅只是"易涨易退山溪水"。这条河,宽阔、动感、性灵,古时它叫"雉水",雨来时,它欢腾;水去时,它安静。

河堤上的绿色草丛中,闪烁着灿烂的野菊花,还有几枝轻盈的蒲公英,随着我脚步踏出的节奏,配着久雨后的斜阳,心情,跟着爽朗了起来。想来,有好些日子了,没有这么用心来看我脚下的路,来观赏我身边的风景与人来人往的物什。此刻,那高音喇叭驶过的猎艳演出宣传车,似乎也可爱了起来。

应该是诗,是阿毛的诗,让我沉寂的性灵有了复苏;是阿毛的诗,触动了我麻木的思绪;是她的诗行,唤回我那多情的情结。是的,一个爱着写作的女子,怎么能够缺少情绪呢!一如阿毛说的那样:"世界有沙子,爱里有针。我心中有悲悯,字里有刀子和麻药,有无尽的感恩和慰藉……"

是高考那天收到《变奏》的。女儿考完后,我也轻松了,于是这两天,一到办公室,便捧着《变奏》在读。读阿毛,读阿毛笔下那精短、跳跃、果敢的诗行。于是,随着阿毛弹奏在诗行里的韵律,心绪,时歌时舞时朗声,一如阿毛那样:"用诗歌这种形式爱母语。"

"第一个写字的,肯定不知道笔尖会痛/写完最后一个字的,肯定不知道纸会眷恋/""白纸黑字/是不是一场奇遇?/而我不愿意,一张白纸承受笔尖的痛/不愿意余生成为一张揉皱的稿纸……"

阿毛让诗行,让白纸黑字,有了灵魂,有了疼痛,有了爱!让我这个一直执着于白纸黑字的人,有了新的感悟,有了新的疼痛。感谢阿毛。

"丈夫说:你像孩子,不事家务,只读书写字/你的诗,藏着秘密/任何一个句子都经不起生活的推敲/我不想遏制你的自由/你写吧,我不读。"

读到这行诗时,我笑了,并转身读给同事听。一句"你写吧,我不读。"涵盖多少包容与爱意，还有些许无奈的信任。让我想起三毛的荷西，荷西以三毛为骄傲，但他不读三毛的文字，那是因为语体的障碍。阿毛家先生的不读，是爱与支持。

娶一个诗人或写作者为妻，需要比常人更宽阔的气度来包容，包容那个爱着文字的女子，包容那个时而在古代时而在现代，时而忧伤莫名着的女子，还要包容一些不可名状的隐晦之词，以及天马行空的小说构思，甚至细节。感谢阿毛家的先生，能够理解，如我们一样爱着诗文的女子。

"一切的香艳脂粉，皆是红尘寂寞，哀怨人声。""窗户外的前世，被它的哀泣伤害。""对现实我藏着小人鱼脚底的尖刀"……这些诗行，在红尘中，如花瓣撒落，美丽而哀伤。

"我在小说里写过很多／外遇的烦恼，但别人的外遇／没有哥哥的外遇让我心烦／……我并不想当一个道德的裁判／只想当一个杀手。"诗人，总是爱恨分明。这首诗，道出了亲人出问题带来的烦恼。曾经，我也想当一名姑姑杀手。

"我信那些被心抚摸过的文字。""所以，我写诗，不是在纠正错音／是用诗歌这种形式爱母语。"

看阿毛的相片，很美。有冰清玉洁的容颜，有古典的优雅，有现代的知性。我信，那是从诗行中行走出来的韵味……

邪灵般的魅力

只要爱人的面容仍铭刻于心,世界就还是你的家。

——[土耳其]奥尔罕·帕慕克

《我的名字叫红》读到三分之一的时候,整个感觉还是模糊不清的,哪怕有许多可圈可点可记录的好句子,可那种以每一个人物自述性的出场,仍是让人有些不知所云地冗沉着。直读到谢库瑞与黑的爱情时,故事一下子明朗和扣人心弦起来。

爱情总是所有故事的眼睛和特殊的味道,也只有爱情,更能够抓住人心随着主人公一起喜忧,一起进展,甚至一起揪心。爱,永远是故事的中心与主题。

故事以苏丹装饰画坊里的细密画家高雅先生的被害而拉开帷幕。依次以黑、奥尔罕、哈桑、谢库瑞、姨夫,以及几位以代号为名的细密画家们,各自自述着依次出场。甚至一条狗、一枚金币、一幅画,一个杀手、一个死人、一种叫红的色彩……皆以自述的形式呈现在读者的眼前。

既生动又神秘，同时带着鬼魅之惑，让人耳目一新。

在我有限的阅读里，这种创作故事的手法，似乎还是第一次读到。这位出生在伊斯坦布尔，学建筑出生的土耳其作家奥尔罕·帕慕克，让读者对他充满了无可言说的猜想。

故事以层层叠叠、错综复杂的形式，如阴影般在读者的脑海里闪现。特别是谢库瑞的父亲"姨夫"继高雅先生之后被害，作为女儿的谢库瑞不但隐瞒了父亲的死亡，而且快速与黑假结婚。她沉着冷静的处理，让整个故事进入重重迷雾的高度悬念之中，令人费解。

谢库瑞的丈夫征战几年音信全无，伊斯坦布尔女人不能让外人看到自己面纱内的容颜，拖着两个孩子无依靠的谢库瑞，她的美丽从来没有让表兄黑忘记过，黑为了爱情，为了谢库瑞的两个孩子，开始进入宫廷和细密画家们一起寻找凶手的线索。

在层层排除、层层筛选中，在对不同风格的画作里，有关凶手的真相如迷雾一样被层层剥开，最终锁定细密画家中的"橄榄"。当真相暴露时，"橄榄"刺伤了黑而逃跑，却让守候着的哈桑遇到，并用剑砍下了这位恶魔的头颅。至此，故事告一段落，受伤的黑与深爱的谢库瑞终于成为真正的夫妻。

通篇故事，除了带着邪灵般的鬼魅情节上的描写，让我最受感动的是，故事中所有画、所有物什，哪怕是一棵树、一株小草，透过跳跃的文字，有了灵魂，有了生命的迹象，有了与读者对话的生动语言。

值得一提的是，书中非常多处地提到"中国"。中国的画，中国画中的美丽女人，中国瓷器，甚至是"天空中卷曲的中国式的云朵"。更甚的是，黑对谢库瑞的爱情是这样描写的："十二年来为她饱受了真正中国式折磨般的苦恋与煎熬。"看来，中国式的苦恋与煎熬，在外国作家的眼里是忠实与可取的。

故事的结尾,谢库瑞的人生渴望里,是希望有人能够为她画两幅画的,虽然她从未向人提起。其中就有这样一句:"假使他们根据赫拉特前辈大师的手法,把我画成一位中国美女,也许那些认识我的人看了画像,能够从中国美女的容貌背后,辨别出我的脸……"

哭泣的"巨流河"
——齐邦媛《巨流河》多次痛哭记录

阅读,一直滋养着我的身心,但不是每本书都有流泪和写读后感的冲动。而《巨流河》,令我不能自制。多次,多多次地,不能自制地感动泪流,甚至哭泣。八十高龄的齐邦媛开始写这本回忆录,皇皇几十万字的《巨流河》,真实地记录了一位老人一路走来的家国风烟,满纸忧伤,字字血泪。

齐邦媛,辽宁人,新中国成立前去台湾。

断断续续读完,已数月余。多次拿起又多次放下,仍然难以释怀。想写读后感,肤浅如我,稚笔难以驾驭。因为,历史跨度之大,人物之广,真的不知该如何才能表达我对这份感动的抒怀。青灯下捧读的过程,那些多次令我痛哭不止的细节,以及边读边在书上随手写来的文字,似乎总是在内心深处不能平复。那些阅读的夜晚,那些随着作者文字起伏的家国命运,除了用笔过多地画"波浪线",还在波浪线的后边写下过诸如"泪奔""哭""痛哭""痛哭流泪"等字。为了不让自己留下遗憾,把那些感动梳理了一遍，记下书中多处温婉又忧伤的文字，以及不能忘怀的细节……

第一章以"歌声中的故乡"拉开历史的序幕：我出生在多难的年代，终身在漂流中度过，没有可归的田园，只有歌声中的故乡。幼年听母亲幽怨地唱《苏武牧羊》，二十年后，到了万里没有雪地冰天的亚热带台湾，在距北回归线只有百里的台湾，她竟然在我儿子的摇篮旁唱"苏武牧羊北海边，兀坐绝寒，时听胡笳，入耳心痛酸……"除了《苏武牧羊》，她从来没有唱过一首真正的摇篮曲……

作者多处写到母亲时，其中还有这样一段：姥爷在南京住了十来天，就又坐上火车回关外老家去了。当他走的时候，我妈妈哭得难分难舍。姥爷和姥姥生了四个儿子才生这个女儿，手心里捧着长大，如今他要把她留在南方这个举目无亲的人海里了……那一年，我姥爷设法又来了一趟南京，看到他疼爱的女儿在前院种花和后院大大小小的缸间兴高采烈地忙着，终于放了心。回家后两年，他平静地去世，心中不再牵挂。

这些文字，我除了用笔画了波浪线，还在书的边角写着：一个父亲对女儿的爱，在窗外雪子沥沥的午夜，读得我这个"女儿"伤心至极，温暖丛生，泪流满面。想到自己也是父亲疼爱的女儿，令父母担忧的女儿。

第二章"血泪流离——八年抗战"，南京大屠杀，日本人占据了中国多座城市，作者的父亲齐世英，环顾着满脸惶恐大大小小的孩子，泪流满面地痛哭："我们真是国破家亡了！"……有一日，日机炸沙坪坝，要摧毁文化中心精神堡垒，我家屋顶被震落一半，邻家农夫被炸死，他的母亲坐在田坎上哭了三天三夜……

读着这些文字，安静的夜里，隔着历史的时空，想着国破家亡时，一位父亲面对孩子的无奈痛哭，一位母亲失去儿子的撕心裂肺，同为母亲的我，难以抑制地号啕大哭起来。就是此刻，用大口呼吸，仍没能管住热泪双流。

救亡路上,有很多感人的章节……全城二十多个合唱团齐聚,同声唱爱国歌曲。一个叫张大飞的名字,伴随了作者一生的牵念。这位高大帅气,为了抗日救国加入"飞虎队"的飞行员,是齐邦媛的老乡,年少时随着逃亡的队伍一起从东北逃出来,经常受齐邦媛母亲的爱护来家里吃家乡菜。当兵后,与齐邦媛保持着多年通信,一直到执行任务牺牲。他松手叫我快回宿舍,说:"我必须走了。"雨中,我看到他半跑步到门口,上了车,疾驰而去。今生,我未再见他一面。

读这些文字,我在书角边写下"潸然泪下"。爱情的美好,在国破家亡的风烟里,唯留终身的怀念。一直到一九九九年五月,作者在拜祭中山陵的时候,无意绕路来到"抗日航空烈士纪念碑",竟然看到了她魂牵梦萦一生的张大飞的名字。

书的前部分,除了记录颠沛流离的家仇国恨,同时记录了作者在南开求学路上的许多美好,特别是进入"明诚弘毅"的武汉大学后,师从吴宓、朱光潜、田德望等教授,以及这些师长们让她受益终身的感恩之情。

特别是在田教授的家里,一边帮师母抱着孩子,一边听田教授给她一对一讲但丁《神曲》里的《地狱篇》时,是全书里让我唯一会心而笑的一个细节,并在书的空行里,我写着"笑了。开心地笑了。有福之人能听一师一徒之课。"

从第六章"风雨台湾"之后,记录了作者在台湾的教学、成家、做母亲和钱穆先生的深交,以及台湾文学和台湾作家之间的情谊等过程。作者齐邦媛一生孜孜不倦的学习过程和平静高贵的心性,以及在学海书山攀登的精神,也是贯穿全书令我学习和感动的。之所以能够在八十高龄写下《巨流河》,除了人生的积累,更多的是家国情怀。

青春回顾

　　静静地，读雪小禅的散文《爱情是爱情，生活是生活》，连续读了两遍。仿佛，她诉说的青春，正是我曾经的忧郁；她叙述的爱情，正是我如烟的往事；她曾经迷恋的三浦友和，也是我一份爱的记忆。

　　她是这样描述三浦友和："风日洒然地美着，近乎玉貌朱颜。"那张脸，曾是我们这一代人迷茫和羞涩的期盼。一如雪小禅在她文中更直白的表述："那几乎是天性，好色的天性。"没有人不爱美，美，即色也！

　　一直好帅，抑或好色，那个岁月更如是。在我的青春里，占据我心灵更多的是那一片绿色，代表生命气魄的绿色——军人。面对诸多有三浦友和的影像里，我会设想，他要是中国人，穿着绿色军装的中国人，会是一种怎样的英姿和"帅"爽？

　　喜欢雪小禅在评述老影像《淤泥中的纯情》主角爱上"三浦友和"时的直率："我喜欢这种爱上。因为有纯粹的盲目性，没有原因的爱，多好啊，就是喜欢，就是一见钟情了，就是无缘无故。天生一根筋的女人都会这样，我为什么说出理由来？去他的理由吧，我就是爱你，就是爱。"

我青涩的爱与真实的雪小禅一样，不敢这么直率。我喜欢在心灵深处寂寞着，孤傲着，守候着，甚至疼痛着；喜欢那种被惦记，被追随，甚至被宠爱着的美好。但，心，是执着而忧伤的。

"后来，我青春里的东西越来越多。我渐渐知道，你最初喜欢的那个人，只是一个小小的起点，仅此而已。"雪小禅于是说。

在我寂寥的青春里，是这个小小的起点，伴随我，化成了绿色一片；然后，与某个人无关了；再然后，这片绿色又幻化成一份爱与哀愁，让以后的岁月，久长弥新。在我平凡的生命里，从来不曾离去，让日子漫漫，让春风化雨，让青涩之情，浸润成一种大爱。

那年，在文集《不争》的首发上，当一队整齐威武的绿衣军人，手持鲜花向我走来的时候，这份意外的惊喜，惊呆了我和所有在场的宾朋。我知道，这是上苍给我最好的回报；这是我所爱着的绿色军人，给我最高的礼遇。

雪小禅的文字于是这样说："太盛大的爱，太用力的爱，一定是苦的，一定只是自己的。这爱情，未必有男人可以承担得下来。青春里总要傻一次！"

让傻傻的青春，让一份个体无法承担的爱，转念在博大里。生命，才会超然……

伤与痛

——读《追风筝的人》有感

当那个叫哈桑的哈扎拉男孩为他的少主人，刚刚取得风筝比赛第一名的阿米尔少爷，追回飘落在巷口的蓝色风筝时，却遭遇了不良青年阿塞夫的强暴。尾随而来的阿米尔少爷因为胆怯而未敢制止，眼睁睁地看着一起长大亲如兄弟的哈桑遭受非人的折磨，并仓皇逃离，从心里拒绝从言行上隐藏了适才发生的一切。

虽然身体受伤的是哈桑，可从此，面对忠诚于他的哈桑，承受身心伤痛的却是阿米尔，因为胆怯畏缩，阿米尔的心里从此落下了一个病症，那就是恐惧与愧疚的缠绕。在情与痛之间挣扎的阿米尔，因受不了面对哈桑的心情，利用不良手段让哈桑和其父亲阿里离开了至爱的主人，离开了那个美好的、一起长大的大房子。那个"为你千千万万遍"的忠实仆人与兄弟，从此在他的生活里消失了，但消失不了的，是深深烙在阿米尔心中的伤与痛。

随着俄国人的侵入，阿富汗战争的爆发，塔利班的横行，阿米尔随着他勇敢、善良、富有的父亲辗转到了美国。后来，阿米尔在美国娶了美丽善良的妻子，送走了病逝的父亲，阿米尔自己成了一位颇为成功的作家。然而，时光的流逝，从来没有冲淡心中对哈桑的思念与愧疚。

当小时候的写作启蒙人，父亲生前的好友拉辛汗托人给他送信，在巴基斯坦的他想见他时，阿米尔不顾家人的牵挂，来到了巴基斯坦，见到了病重中的拉辛汗，拉辛汗告诉了阿米尔一直想知道的哈桑的一切……

哈桑娶了同是哈扎拉姑娘为妻，并生了儿子索拉博。帮阿米尔的父亲看房子的拉辛汗把哈桑一家接来一起住，共同度过了几年美好的时光，塔利班查房子时，因哈桑一家是哈扎拉人，塔利班疯狂地把哈桑夫妻杀害，儿子索拉博进了孤恤院。拉辛汗还告诉了阿米尔一个惊人的事实，哈桑是阿米尔同父异母的亲兄弟，哈桑是仆人阿里的妻子与老爷——阿米尔的父亲所生。那么哈桑的儿子索拉博就是阿米尔的亲侄儿。

当年的阿米尔少爷，如今已是阿米尔老爷，他开始了在心中长达二十多年的赎罪之旅。当他颠簸在四处是恐怖战争阴影笼罩下的阿富汗土地上时，当他一点点地搜寻生长中的点滴回忆时，无限的愧疚与伤痛煎熬着身心，只有一个愿望，那就是一定要找到他的侄儿索拉博，为父亲，为自己，向哈桑赎罪！

发现领走索拉博的塔利班人正是当年强暴哈桑的变态人阿塞夫时，见到阿塞夫残酷地又把一对哈扎拉夫妻活活打死时，他曾经的胆怯与懦弱在一瞬间瓦解，他开始与阿塞夫搏斗。搏斗中阿米尔裂了唇，断了七根肋骨，索拉博拉开弹弓射向阿塞夫，受伤的阿米尔牵着索拉博逃出了魔鬼的手掌，一度压在阿米尔心头上的巨石，随着肉体上的伤痛而痊愈，一股人性光芒，重新回到了阿米尔的心中……

在普通、平凡、和平的年代里，生活中的某些伤与痛，可以是一片飘在天上的云彩，终会随风消失。可是，对于战争中的阿富汗人民，有些伤，永远是沉重的痛。挥之不去……

歌　者

某个黄昏，一阵歌声如风一样从窗口飘来，吹开了一个画家在特殊时期压抑而苦闷的心扉。

在革命歌曲样板戏铺天盖地的年代里，人性不免压抑和变异。飘来的无词之曲，时而阴郁，时而明朗，时而奔放……如一幅幅不同的画面出现在画家脑际，透过暗夜，他看到了山川河流，看到了春花秋月，看到了寒风白雪……

歌声如神灵，敲醒了画家沉寂苦涩的画笔。一幅幅不同的画面，在一个个不同日子的黄昏夕照里，让画笔随着不同的歌声挥洒舞动！

歌声从对面的阁楼里飞出来，楼里住着同样困惑的艺术家。画从另一阁楼的画笔诞生。歌者与画者从来不曾相见，可是阻隔不了歌声与画的相遇相知，在无声和有声的世界里相互慰藉与缠绵……

就是这陌生又熟悉的歌声，让一个在大环境下失望的画家，看到了重生与希望，看到了阴霾之外的天光，看到了人性还有的坚强与柔丽。

这些歌声如一个善良人的爱,抚慰温暖着一颗迷茫的心灵。

冯骥才的短篇小说《楼顶上的歌手》。极优美抑郁的浪漫弥漫开来,环绕着我的思绪和灵魂。

我被小说深深地吸引,被里边的歌声与画面深深地包裹,让如画般的描写讶异着。被两个不同人物的心灵相通艺术相融而感动着。

这世界因为有了音乐而抒怀着不同的情感;因为有了文字的构成,而有了不同故事的美好与传承;因为有了不同人物不同的付出,这个社会进化着、精彩着。

仿佛看到高山流水的音韵回荡在人性里,看到慈悲与智慧的互为,给人类带来的和谐之光在闪耀……

"紧皮手"之恋

——读《末代紧皮手》之感

断断续续,读完了刊载在《芳草》杂志上的长篇小说《末代紧皮手》。作者李学辉,甘肃武威人。

掩卷之时,揉揉发晕的双眼,望望窗外的蓝天白云,深深吸一口清新雨后的空气,再把目光投向楼下青青绿草下的土地,刹那,对土地有了一层别样的敬意与温情。

小时候,常常迷惑乡村小路边的"小屋"有人敬着香火,听大人们讲,那是土地庙,敬的是土地爷。后来在有些电影里也会有矮矮的土地神出现在镜头里,机敏可人。在我有限的生活记忆里,却从未听说过有把活人当土地爷的。是《末代紧皮手》让我看到了一个完全陌生的民俗文化,让我了解到西北那样一个充满了神奇色彩的乡村——巴子营村。

一个叫余大喜的青春小伙被选为"紧皮手",通过特殊的"激水""拍皮""挨鞭"等严苛程序后,成为当地合格的第二十九代紧皮手,从余大喜变成了余土地。紧皮手必须是童男,而且终身不能沾女人,闲时村里人会把他供养起来，侍候着好吃好喝的，到土地要下种子前，必须用轿子接回来，在土地庙前举行祖人传下来的紧皮前的仪式，然后由紧皮手手执"龙鞭"在每一块土地上抽打，也就是紧皮。这样的仪式旨在让土地种出丰硕的粮食来，保证村里人不愁吃喝。如此年复一年，余土地成了当地人眼里受尊敬的土地神，经他紧过皮的土地，总是丰收。

小说从新中国成立前一直跨越到一九七六年紧皮手的离世，历经战争、解放、土改、"文革"。作者用史诗般的文字诉说了历史变迁中的乡村和余土地。余土地在"人"与"神"之间纠结着，在两个女人的爱意中愧疚着坚守着，始终坚定不移地做他的土地爷。余土地对土地的依恋，对信仰的忠诚，对风俗的敬畏，对自身的尽职尽责，让人从心底里敬重和叹息。

从作者的文字描述里，能感知余土地外形的魁伟和英武，同时能感知到他做人的善良与质朴，做神的敬业与奉献，从而展现他在世俗之上的人格魅力。这种外在和内在的魅力，让村里两位最漂亮的女人，为他守护终身甚至献出生命，也就不算奇怪了。一个何菊花，另一个王秋艳。

土改后，何菊花失去了父亲留下的房子，她和余土地被分在同一个院子里，何菊花为爱余土地终身不嫁，余土地则坚守着他作为土地爷不能沾女人的信条，用一颗愧疚的心和兄长般的呵护，保护着孤苦伶仃的何菊花。何菊花面对同院相对却不能同厮守的余土地时，几次病倒。每每读到这里，作为读者的我恨不得余土地能"开窍"，能冲破世俗的禁锢去爱他身边的女人，可也正是余土地磐石般的坚守，让人们对他对神有了敬畏和区别。最终，何菊花为保护余土地的"神鞭"而命丧黄泉。当余土地抱着何菊花的尸体向天撕心裂肺痛哭的时候，读着故事的我，纵情泪流，为两个苦命人。

何菊花离世后，在一场"消火光棍"运动中，余土地被迫和王秋艳配成假夫妻，这种所谓的"政治运动"，无疑是对做了一辈子土地爷的余土地的羞辱。在运动面前，他无力守护自己的尊严。同时，王秋艳甘愿做假夫妻的好与爱，又让余土地羞愧和矛盾，在那样一个特殊的年代与环境里，人格，只能在心中悄然升华。

余土地以一个紧皮手的角色恪尽职守不逾矩，他用一颗纯洁不染之心，对土地付出全部的真情和爱意。是《末代紧皮手》让我看到了一种全新的不为人知的信仰与世界，是余土地的行为让我懂得，他依恋的不是儿女情长，而是人类赖以生存的土地……

烟雨楼台庄园梦

当《牟氏庄园》在春运的车流中，推迟十多天辗转来到我手中时，离庚寅年的春节只有两天了。

在此起彼伏的炮声里，在春晚节目的深夜之后，在迎来送往的客人走了一批又一批的夹缝里，在收捡好残桌，解下围裙，沐浴更衣，偎于床头灯光下——捧读《牟氏庄园》。作者平实淡雅的文字，厚重沉重的故事，把我带进一个似乎离我并不遥远又稠密的故事之中……

一个叫姜振帼的女人，深深震荡着我的心灵，感染着我的思绪。那是一个寂寞无助的女人，那是一个管理和掌控着一个偌大庄园、无数个佃户的地主婆，那还是一个担当着普通男人难以担当责任的母亲。

这个寂寞的女人，青春守寡，把所有精力用于管理家事之中。有些扭曲变异地惩罚因与马夫相好的贴身丫鬟翠翠，这一情节的描写，让我看到一个有着嫉妒心的普通女人，她的行为让我不喜欢她作为主子恶的一面。我同情她的寂寞与无奈，没有爱情的可怜与可悲。她用银针戳翠翠大腿时的可恨，让我想到了脑子里储存的地主婆形象。她不查明对错，赶走了受人陷害的好管家……这一切，体现了一个女人的无助和寡力，一个地主婆的专横与武断。也正是这些细节，反映了封建时代主仆之间真实的一面。也是这些细节告诉读者，这样一个人物的多面性。正是这些，丰满了姜振帼这样一个真实的历史人物，从而让读者透过文字，感知一个人从幼稚走向成熟，从艰难走上得心应手的步步为赢。透过这一切，让人体会复杂大庄园生活的不易，做掌门人的不易。

她一面施舍乞丐，一面阴着差人使手段买来别人家的土地；她一面对付园内几位"爷们"的刁钻，一面又为这些爷们排忧解难。丫鬟翠翠不但没有记恨主子的恶打，反而在死之前向主子透露了一个天大的秘密，让少奶奶走出了阴霾密布层层阴谋的险难之境，同时重新接回了受冤枉的老管家……

在偌大的庄园里，她把所有精力用于家事和对土地的热爱之中，以此来掩埋心中对爱情的渴望。当遇到私塾先生的儒雅和淡定时，三十出头的她心动了，而她仍然只能用她少奶奶的气势来挥走爱情在心中的躁动。当她离开园子，来到烟台，来到大戏院看戏时，当她有勇气挽着先生的手走进大戏院的时候，读着书的我，为这位旧式的美丽"地主婆"笑了。整部书唯有这一处让我微微笑了，而且还是酸涩的笑。因为，那是一个沉重得不能自已的女人，看戏只是一刻，只是姜振帼作为女人向往爱情的一刹那，而自己人生这出戏，寂寞永远比她所在的园子要大。

土匪的到来，县衙的敲诈，世事的无常，少奶奶寄予全部希望的儿子的故去，庄园内一个接一个死去的阴魂，晕倒在庄园门口的神秘风水先生的预言和劝告……这一切打击，让姜振帼从一个地主婆蜕变为一个心胸宽阔、爱上慈善的巾帼人物。她亲自创办了当地历史上第一所义塾，让周围穷苦人家的孩子都能进私塾读书。

《牟氏庄园》在各地电视台播出的时候，我只是扫描了几个片段，只为看看演员们的风采。因为我还没有看到原著，所以我不想电视剧扰乱了我对原著的理解。这一直是我读小说的习惯，更何况这部原著的作者是衣向东老师，我是他十多年的"粉丝"，更想带着一颗纯净的心去品读。去品读一个文化人对家乡地方文化所做的贡献，去品读这个牟氏庄园因一个作家的笔和传媒再度名扬天下的因由，去品读那个美丽少奶奶，通过生花的妙笔在我眼前的活泛，让我思索和吸取，该怎样去看待一个旧式女人的风情、寂寞、狠毒、无奈与仁慈的交织交汇。

是的，我看到了，通过字里行间，我看到了几百年前，一群生活在庄园里的人们，他们各自不同的面孔和生活的场景。

掩卷。

仿佛听到一双苍老的手，把一座历史巨门沉重地关上。

传来一句唱词："何处悲声破寂寥。"电视春节戏曲晚会，让我想起《牟氏庄园》里，喜欢京戏的五老爷牟宗腾在庄园败落时说的一句话："唱京剧，要的是一份好心情，可这哪里是唱京剧的世道啊！"

想起当年梅兰芳蓄须拒唱。

牟氏庄园最后在风雨飘摇中死的死，散的散。因为世道沧桑，没有了能自由生活的大背景，焉能有唱戏的好心情呢？

军阀横行，日本人入侵，处于苦难中的大中国，任凭牟家有再多的财富也难保安宁。这位庄园内的少奶奶，在一个细雨绵绵的黄昏，在庄园之外的烟台，走完了她不算长的风雨人生路……

牟氏庄园坐落在山东烟台一个叫"栖霞"的地方，那里盛产甜美的红苹果。我的名字里有一个"霞"字，难道，他的前世，与我的今生，有着一种怎样的媚惑与关联吗？怀揣着向往和满腔的爱意，我向往着，靠近之前，寝食难安，彻夜失眠。我不知道，那里等待我的会是一场怎样的邂逅；我不知道，那一个梦，是否真切长久；我不知道，那个有关庄园的故事，会以一种怎样的情怀涤荡我的心灵……

那是一个秋初的日子，阳光还有一些燥热，随着人潮走在庄园的石板路上，听导游甜美的介绍，祖上由湖北公安县迁至栖霞市的牟家祖先，始终没有放下"犹望公安"的渊脉。依于庄园内黑色肃穆的大门前，仰望园内的楼台亭阁，看着人去物在的种种器皿和绣之珍品，站在繁华落尽、硝烟远去的偌大园子里，一股莫名的惆怅和寂寥环绕而来，我仿佛看到那个美丽庄严的小脚女人，姗姗而来的身影，瞬息消失在尘烟下的一缕阳光里……

其实，去庄园时，阳光明媚。转回的路上，也不过洒了细雨点点。车子行走在沿途挂满红苹果的旷野里，心中，一直是"烟雨楼台庄园梦"在回旋。我知道，庄园在少奶奶姜振帼的心中，最终只是一场梦啊！而我，也只是一个寻梦女子。这场梦，在每一个平凡女人的生命里，是如此真切，如此无奈。

我掐着自己，身上的痛，让这场梦醒来。在一种不真实的戏剧梦魇里，我知道，有一种精神，有一种爱，千载万代，盘桓心间……

第二辑　另一扇窗

为你打开一扇窗

八十年代初，一部《许茂和他的女儿们》，以电影的形式走进了千家万户，同时走进了我的心灵。那时虽年少，电影迷的我仍留下了不可磨灭的印象。电影的传播方式，为人们打开了一扇扇不同人生之窗，虽然背后仍会有许多不为人知的故事。

在《散文》读到一篇有关《许茂和他的女儿们》的编辑故事。作者是时任百花文艺出版社的编辑——刘铁柯。

几十年过去了，电影让我记下的故事的痕迹，而斯琴高娃和王馥荔两位演员更让我不忘。却一直不知道这部电影原创作者叫周克芹（确切地说年少时不懂得去关注）。也不知道这部作品荣获首届茅盾文学奖。更不晓得作家曾是一位农民业余作者，过着挣36元的工资养活一家六口人，住漏雨房屋，过着艰难生活。后因这部作品红遍大江南北成为知名作家，可又在未完成第二、第三部的夙愿中，早早离开了人世……

一篇编辑纪事，让我了解了迟来的"知晓"。让我更加懂得一个人一生的坎坷和艰难曲折。这个世界，有多少悲欢离合的故事如流水逝去。

自古以来,又有多少故事因为一支支生花妙笔而名垂青史,让世人看到历史,留住历史,记下历史,让哪怕再平常的人,也能在文字之间立地成佛。

电视里播放纪念戏剧大师李少春专题晚会。一位来自美国的戏迷威廉先生,竟一字一句、一板一眼地唱着沪剧:"为你打开一扇窗,请你看一看,望一望,明媚春光映小窗……"

外国人唱地方戏,尤为可敬可爱。不得不让人思索,是一种怎样的情结让他唱得如此动情?不就是文化传承与真情相通的魅力吗?

多少年来,正是这些历经岁月的文字智慧,让多少平凡之人,打开了这一层又一层的心灵之窗……

情缘前世定

一首诗,唐开元年一宫女的诗:

沙场征戍客,寒苦若为眠。
战袍经手作,知落阿谁边?
蓄意多添线,含情更著绵。
今生已过也,重结后身缘。

这诗,深深地感动了我,于是,随着诗情,我的思绪飞离……

狂风怒号,雪花飞舞。沙尘漫卷,天昏地暗。突变的恶劣天气,让边塞将士防不胜防。战士们穿着单薄的秋衣瑟瑟发抖。仗要打,关要守,这样的士气如何了得?更糟的是,御寒的棉衣没有着落。

将领动用五百里加急,向大唐而去。急告边关战事与天气之恶劣,以及这些缘由,可能带来的会发生的种种不测。

皇帝接到边关消息,想到千万将士没有御寒衣之苦恼。这时,一位宫女端着茶盘翩然走过，皇帝突然来了灵感，让后宫三千佳丽做战袍！于是御赐每一位宫女每人赶制棉衣数件不等。

日与夜，油灯下，所有宫女穿针引线，一针一线，加班加点，做起了战袍。寒风中，断鸿声里，有多少深情与牵挂千针万线缝进了战袍……

一位宫女做好棉衣，欣慰地抬起头来，柔一柔发涩的双眼。只见东方发白，鸡已啼鸣，窗外的朝霞正在冉冉升起。宫女对着远处的天空凄然一笑，倏地有了感慨：我亲手做的战袍，会是一位怎样的将士所穿呢？他不会知道我是谁，而我却把一份爱缝进了衣衫里！

宫女收回惆怅的思绪，欣然提笔写下：沙场征戍客，寒苦若为眠。战袍经手做，知落阿谁边？蓄意多添线，含情更著棉。今生已过也，重结后身缘。

宫女把写好的罗帕折叠好，细致地缝在贴胸口的上衣袋里，然后嫣然笑了。

数千件棉袍及时送到边关，不但温暖着士卒们的身体，同时温暖着一颗颗思乡的心。战士们穿着新棉袍，高兴地摸摸看看、拍拍打打。这时，一位英武的战士摸到上衣口袋时，摸出了一张写着诗句的罗帕，于是交给了将领。将领当着眼前的将士，一字一句地念了出来，令所有将士动容。

将军得胜归来，把罗帕交给了皇帝，并说，因了这首诗，军中士气大涨，于是连连得胜。受感动的皇帝召集所有做战袍的宫女，问是谁写的这首诗。让宫女自己说出来，并承诺不追任何罪过。写诗的宫女站了出来，并乞求皇上把她赐给那位得到她亲手所做战袍的战士。

皇帝不但应允，而且厚嫁了这位宫女。

一首诗结下一段情缘，又因玄宗皇帝的开明，成就了这段美好姻缘。

这样的情缘应该是带着上天的使命而来，人间难得几回，故而感天动地，所以源远流长，令人深深向往……

文字越千年

近日睡前读《弘一法师晚晴集》，这本从辽宁鞍山玉佛苑请回的佛教典籍让我爱不释手。更何况弘一大法师是我敬仰的佛教大师之一，他传奇的一生，学术的成就，以及对佛教文化的贡献，让人高山仰止。

弘一法师出家前为叔同时，集绘画、编剧、音乐、书法于一身，他所写的歌曲："长亭外，古道边，芳草碧连天……"成为世代人传唱不衰的音乐之瑰宝。

这本尽是繁体字的集子，让我乐而忘忧。感谢自己近半年来每天练写王羲之的《乐毅论》，因了写毛笔字，对繁体字有了认知，才不至于读不懂大师晚晴集里的精华经典之锦句妙语。

前天晚上，读到：

千峰顶上一茅屋，老僧半间云半间。
昨夜云随风雨去，到头不似老僧闲。

这首偈的意境，这份怡然，这份豁达，这份幽默中的静雅，让我欢喜得连续念了多遍，并很快记住，甚至有一种"把玩"之感。这份"把玩"的"不恭"之心又让自己偷笑了，笑在夜深人静之时，笑在不知多少年前这一老僧的智慧和顽灵之中。

古代多数佛教禅师和高僧，多为饱读诗书看淡红尘之人，他们为中华传统文化留下了一笔笔取之不尽的宝贵财富，以文字的方式，传承永远。

明天立春，这春雨，竟提前绵绵而来。撑着伞走在远山云雾的俗世里，这首超凡脱俗的禅诗又在心中升起，我在想，这个"归宗芝庵禅师"是一位怎样的高僧呢？以"芝庵"两字出现在名字里，又到底是男僧还是僧尼呢？"庵"多指尼姑所居住的小庙。写这首禅诗偈语时，他又是在哪个朝代哪个时期呢？要知道弘一法师也涅槃远古经年了，这是他生前抄录的典集。

无数个疑问在心中，在云雾间，让我不得解惑。所幸，这文字，越千年，仍能与我相遇，让我欢喜，让我受益。

想找一个人分享对这首意境之美禅诗的爱，于是背给办公室的同事听，仍不过瘾，又用短信发给一位与我有"佛缘"的朋友。很快，朋友回复道："真有味道！真的谢谢你发给我与尔分享。其实是人都难以闲，在纷扰的尘世间厘清思绪，让云卷云舒，花开花落，心态好，身体好，有自己一生的爱好便最好。"

文字越千年！这首偈诸如许多美好文字一样，让我和我的朋友通过文字，与古人同欢同乐、同意境。让我们与高僧共分享这"老僧半间云半间"的超然，同乐那"云随风雨去"的闲情逸致……

生之偶然

在湖南凤凰，在沈从文的故居里，有一个房间静静地放着一张行军床。导游介绍说，这张床是沈从文在"文革"时期下放到湖北咸宁五七干校时所用。这张沈从文所睡的床，让更多的游客知道了湖北有个咸宁。作为咸宁人，是倍感舒服的。

一场"文革"运动，曾使六千多文化大军浩浩荡荡居于咸宁向阳湖。翻过历史这一页，对于现在的咸宁向阳湖来说是幸运的。在这个遥远的偏僻之地，一下子聚集那么多全国知名文化人，如冰心、萧乾、臧克家、沈从文、郭小川……举不胜举。

这些名家的到来，该是让这片土地灵动起来的，该是让它的山水和蓝天更加诗情画意起来的，该是让它的空气都有异彩的。然而他们是遭"贬谪"而来，在艰难的岁月中"戴帽"而来。

质朴的咸宁人，接纳和温暖了这些远离京城、远离家乡的文化人。他们没有气馁没有退缩，他们用一双双执笔的手种田建房养鸡鸭，让这片贫瘠空旷的土地充满劳动生机；他们在生活的艰苦中求生存的信念让后人不忘，同时，这份苦留给后人的，是沉重的思索和别样的财富。

当年，已是 70 岁高龄的沈从文，写给同在干校的夫人张兆和的信中，从嘱咐的几近琐碎的文字里，我读到了面对恶劣环境时平静如水的心情，没有丝毫的浮躁和不安，没有半点怨言和颓废；有的是在特定环境下如何生活下去的一颗平和的心。

雨天，在满屋是水，只有床底下是干的住所里，沈从文还能写下他自己认为是多年来最好的诗。试想，这种心态不就是对生活的希望吗？他坚信，这种不正常的境况只是暂时的，对于一个走在人生路上七十个春秋的人来说，还有什么没有经历和看淡呢。

那年，从凤凰归来，看了大量的沈氏文字。从《边城》到《湘西漫行》到《从文自传》。那份从容与平和，细腻与浪漫；那份大器大量与大情，深深地感染着我，不能忘怀。

"照我思索，能理解我；照我思索，可认识'人'。"

人生于世，浮浮沉沉，起起落落。能走过，能活下来，除了偶然，更多的是因为坚持与信仰，品格与心灵，追求与不懈。这些韧性的东西，会让脆弱的生命更坚强。

莫问奴归处

有"沉鱼"之美的浣纱女西施,因她的美,人世间有了"情人眼里出西施"之说。她已然是真正美女的代表,这里的美,应该是外貌与心灵的结合。西施病时,有"抚胸皱眉"之态,有邻人模仿,故又有了"东施效颦"的典故。

美女终有红颜老去时。能在历史的长河中永远不老,让世代人不忘的西施,除了她自身的美,更多的是因为,她为越国而打入吴国宫中,做了"美女间谍",以一颦一笑之媚,以心藏吾国恨之态,以"响屐舞"之姿,俘虏了吴王之心,成为夫差的宠妃,使吴王不思朝政,最终让卧薪尝胆的越王一举而攻之,洗刷了"会稽"之耻。

吴国亡时,关于西施的去处有多种说法。一说是被勾践的夫人偷偷"沉石"于海;二说是随范蠡漂洋过海而隐居;三说是回到故乡浙江诸暨苎萝村,浣纱时不慎落水而亡。

一个有功于国的女子,怎么能够让她残忍地被人石沉大海?回到故乡从新浣纱也不可能,时过境迁,叫她如何面对村头巷尾的指指点点。

这几种说法中，我最希望的是，随范蠡乘舟而去。

她到底是范蠡的未婚妻？女友？抑或红颜？已然不重要了。因为，在越国人的心中，她应该是神圣的爱国主义者，是为国献身献爱情的普通女人。因为，爱情与国家比起来，实在是太小！

我想，西施之所以能献出自己，一定是受了范蠡劝说的，只有心中所爱的人，才能撼动心中的爱，才能不顾一切地去做，去实现报国愿景。当西施笑颜面对吴王夫差时，当她纵情跳起"响屐舞"的时候，她想得更多的，一定是范蠡，是她心中爱着的范蠡。因为，范蠡是值得去爱的，一如爱她的祖国。

范蠡是智者和仁者。越王初位轻狂时，要攻打吴国，范蠡诤言："不可。臣闻，兵者凶器也，战者逆德也，争者事之末也。阴谋逆德，好用凶器，试身于所末，上帝禁之，行者不利。"越王不听劝告而犯下了一意孤行，用凶器伤他国的下等之事，所以才有了"会稽之耻"的失败。

越王后悔时，范蠡却又鼓励他说："持满者与天，定倾者与人，节事者以地"。勾践听了范蠡的忠告，做一个持满不贪之人，于是得到了上天的佑护；做一个挽救倾危之人，得到了百姓的拥戴；与妻子共劳作，享粗粮，在卧薪尝胆中蓄国力。

范蠡是善仁善德，善进善退的大丈夫。他辅佐越王深谋远虑二十年，越王再次攻打吴国胜利时，却急流勇退。我相信，这勇退里，不仅只是不与越王共享安乐的离去，一定还有西施的原因在其中。他要带着曾为国为他付出过代价的所爱女人，离开人们熟悉的视野，以这种方式来保护特殊时期对一个女人的爱与承诺。他绝不会让西施落于他人之手，在非议中存活；更不会让她遭"沉石"之心寒。他是有能力、有胸怀来爱和保护心爱女人的真君子。

人生贵极王侯，

浮名浮利不自由。

愿争得，一叶扁舟，吟风弄月归去休。

少女时就能熟背这几句，它应当是范蠡与西施最后的写照。

在某个青山绿水的深处，范蠡牵着西施的手，西施头上插满了范蠡为她采摘的山花，一个声音在天上回荡：若得山花插满头，莫问奴归处⋯⋯

舍 得

读《触詟说赵太后》时，让我想起了那句古俗语："舍不得孩子套不住狼。"虽然这舍得太沉重，太心痛，太无奈。

赵惠文王之妻赵太后新政时，秦国欲攻打赵国，赵太后只好求助于齐国，而齐国却要赵太后的小儿子长安君做人质，才能愿意帮赵国出兵，赵太后因爱子心切，拒绝了齐国的要求，只要有大臣来诤言者，她老人家皆以泼妇而骂之。

有个叫触詟的左师大臣，不畏赵太后发怒的脸，冒着被唾骂之辱而求见赵太后，以拉家常的口吻，并愿以小儿子送给宫中做宫卫军，哪怕是为国献身也在所不惜的话语，动之以情地说服了赵太后献出爱子长安君为人质，使齐国出兵，解救了赵国一场面临亡国的灾难。从而，奠定了长安君在赵国不可撼动的地位。

触詟有几句话，无论何时何地何年代，为人父母者，皆受用也。

"父母之爱子，则为之计深远"。父母只有为孩子的前程以长远做打算，才是真正的疼爱与关怀。

历朝历代实行君主制度，君王者，无不是经过鲜血的洗礼所换得。想打得江山坐稳江山，无功无劳者怎能得天下，怎能有一呼百应一览众山小的尊严与威望。故而触詟又说："位尊而无功，奉厚而无劳，而挟重器多也。今媪尊长安君之位，而封以膏腴之地，多予之重器，而不及今有功于国。一旦山陵崩，长安君何以自托于赵？"

没有功劳而享尊荣，没有付出而得厚禄，没有代价而得君位，没有打江山而封疆土者锦衣玉食，这些皆因为有你这位做太后的母亲在位时的庇护，一旦太后有归西的那一天，长安君将以怎样的功绩为王让人敬服呢？

在触詟的提示和劝说下，赵太后终于愿意献出小儿子，以长安君到齐国做人质的风险，为救赵国做出贡献。

不付出哪有回报？不舍焉能有得？

于是，子义曰："人主之子也，骨肉之亲也，犹不能恃无功之尊，无劳之奉，以守金玉之重也，而况人臣乎？"

无论是帝王将相，还是黎民百姓，都是凡尘中人，都是血肉之躯。舍得舍得，有舍才有得啊。可这舍得，有时舍的是血和痛。

李陵殇

> 深千帐灯。风一更，雪一更。聒碎乡心梦不成，故园无此声。
> ——纳兰性德《长相思》

蹚过历史的河流，穿越岁月的烟尘，漫漫战火硝烟处，李陵常常入心来！

李陵一定是英武潇洒的，从他祖父飞将军李广的身影里，能窥见他的英姿。他深入强胡，以少敌众；他"振臂一呼，创病皆起"的将领风范，令人敬仰和爱戴。李陵肯定是儒雅又博学多才的，《答苏武书》的字里行间，情溢于心，才溢于文。让人喜读而不忍，让人伤怀而悲叹。

以五千兵力对敌十万将骑，是神，也难以取胜。然，李陵领军殊死搏斗，让匈奴畏而不前。在缺将伤残援兵未至时，遭贼臣告密，最终落于单于之手。李陵本想忍辱蓄势，待卷土重来，再立功勋。可是，君主却等不及，等不及李陵可照日月之心。他需要的是胜利喜讯，而得到的却是失败之信；他听信谗言，只认失败的事实……

李陵败了，降了！"何图志未立而怨已成，计未谋而骨肉受刑"。君主不留一点情面，不看几代李家人为国立功捐躯的功绩，以投贼罪置李陵老母妻儿于死地，李陵怎不悲痛而心伤？

在李陵初胜时，捷报传来，满朝文武举杯贺之；当李陵败时，举杯者个个报以沉默，甚至落井下石，进献恶语，无一人为其开脱，无一人看在祖父李广的面子和功劳上，只有交往不多的司马迁为其辩解，因此而受牵连落入大牢，最后遭宫刑耻辱之大难。李陵心，怎不伤？

捧读的我，傻傻地想，李陵荣时，应与司马迁为友，因为共同的性情。可是，一文一武，却少有往来，皆因志趣不同。这一对"伯牙子期"，却错过了高山流水的相遇，只待来生再续缘。

"凉秋九月，塞外草衰，夜不能寐，侧耳远听，胡笳互动，牧马悲鸣，吟啸成群，边声四起。晨坐听之，不觉泪下"。

这，该是李陵后来在匈奴苟且的生活吧。李陵伤了，痛了，亲人阴阳相隔，故国不能归。塞外旷野，在尘沙漫漫的迷茫中，凄泣的箫声，呜咽的胡笳，牧马的嘶鸣，那个仰天锥心之痛的英雄才子，在异域寒风中的悲惨与伤痛，让人心有不忍。

"相去万里，人绝路殊，生为别世之人，死为异域之鬼"。

悲哉，李陵。生不能还故乡，死只能为他乡鬼。痛哉，李陵。英雄半生飘零落，凄惶复心伤。山水遥望，夜灯孤枕，梦不成，故园朗朗声……

不合时宜地想起，2009年中巴联合营救遭塔利班绑架的中国人质；想起解救遭索马里海盗劫持的中国人质；想起全国人民悲痛接回，在海地地震中遇难的维和英雄们的场面……

时代不一样，事件不一样，不可比。可我却想，如果，李陵生在当今，他，又会是怎样的呢？

司马迁之痛

偶尔也会读一些历史、古文之类的文字，但基本上不敢涉笔，怕自己的稚嫩和肤浅留下笑话。总是在自己的心情文字里，随意来去，望风喟叹，或无病呻吟，或真切隐忍。

在司马迁的《报任安书》里，有这样一句："仆以口语遇遭此祸，重为乡党所笑，以污辱先人，亦何面目复上父母之丘墓乎？"意思是：我因为说话不慎而惨遭宫刑之祸，受到亲朋同僚的指责和笑话，羞辱了我的先人，我还有什么脸面再到父母的坟墓上去呢？

这里所说的"话语不慎"，指的是司马迁为李陵向皇上诤言。李陵乃名将李广之孙，汉武帝时的骑都尉。司马迁与李陵同在朝供职，却因为一文一武兴趣爱好不同而少有往来。但并不妨碍司马迁对李陵的欣赏和敬重，因为李陵重义轻财，常怀奋不顾身之志，以国家社稷为重。

天汉二年（前99年），李陵率五千步兵出击匈奴，遭到匈奴八万骑兵的包围。李陵和将士们拼死杀敌过万，捷报频传。后，匈奴以倾国之力与李陵殊死搏斗，终因寡不敌众而战败，消息传来时，司马迁诤言，列举了李陵的功劳不可没，想以此开阔皇上的思路，堵塞小怨小愤及一些人的幸灾乐祸。

然而，司马迁的诤言没能得到皇上的认可，反而遭受下发司法官审问罪。在伤亡过重，没有援兵的情况下，李陵兵败而降。此时受罚的司马迁更是罪加一等，受尽各种刑法的摧残，因无钱赎罪，直至宫刑。遭受身体和心灵的双重酷刑与侮辱。

最初，在李陵捷报传来的时候，朝廷上下举杯饮者不计其数，相信这里边一定不乏李陵的好友与同人，乃至受过老将李广惠泽的人有之。当李陵兵力重挫而败时，满朝举杯者，没有一个人能站出来为李陵说情开脱。只有平常交往不多的司马迁为李陵说公道话，却没能得到皇上的恩准，反而引火烧身。

能想见，那一刻的司马迁是天真而满怀希望的，没有一点世俗的谄媚与猥琐，没有考虑个人之安危，想到的是，为一个国家的将才做点什么，或留住点什么……换来的却是自己备受折磨的身心之痛。

司马迁之痛，成就了流传千古的《史记》；司马迁之痛，喊出了"人固有一死，或重于泰山，或轻于鸿毛"之壮语；司马迁之痛，让人看到了危难之处见真情的精神。更让后人懂得，再怎样不被理解，再怎样的冤屈和疼痛，甚至羞辱，可，民之于国，该是，无怨无悔，忠贞不贰的。

吕雉的悲哀

当吕雉让人把戚夫人的手脚砍去,双眼挖掉,震聋耳朵,并把她装在缸里放进猪圈,称作"人猪"的时候,这种残酷的手段,让彼时的吕雉自己,也已非人了。如此恶毒的泄愤,源于刘邦对戚夫人的宠爱而种下的祸根。

吕雉,《史记》载有:"吕太后,高祖微时妃也,生孝惠帝,女鲁元太后。吕后为人刚毅,佐高祖定天下,所诛大臣多吕后力。"

刘邦还只是一个泗水亭长的时候,吕雉的父亲看上了有非凡之相的刘邦,在双方条件不平衡的情形下,执意把女儿下嫁给了刘邦。后来刘邦打下江山,吕雉顺理成章做了皇后。

随着吕雉的青春不再,乌丝变白发,刘邦的宠妃也在不断地增多。在众多的妃子里,刘邦尤爱戚姬,常常当着众人和吕雉的面夸赞戚夫人手软步轻盈。吕雉强忍着嫉恨,特别是当戚夫人常在刘邦面前哭诉,想要立自己的儿子如意为太子时,吕雉的恨,便生根了。

高祖驾崩于长乐宫。在吕后之子孝惠帝年间,一次得知母后想要加害于戚夫人之子赵王如意，忠厚仁慈的孝惠帝，在母后召赵王时抢先一步到灞上，迎接他这位同父异母的弟弟，并与之同饮同居，让母后没有下手的机会。终因防不胜防，在孝惠帝外出打猎，赵王如意独居时，吕后毒死了年少的如意。

如意死后不久，吕雉便对其母戚夫人下了毒手。手段之残忍和毒辣乃非人所为。疯狂的她让儿子孝惠帝去看"人猪"。当孝惠帝得知"人猪"乃戚夫人时，大放悲声而病倒，病达一年之久，受刺激的孝惠帝，从此终日以饮为乐，不理朝政。

吕雉没能放下心中的嫉恨，反而让嫉恨如野草一样疯长；她没能看到宽厚仁爱的真谛，她在嫉恨中变态地报复着别人的同时，伤害的是她自己的灵魂和亲人。吕雉最大的悲哀在于对儿子孝惠帝的伤害，从而对国家对朝政的伤害。

于是，史上有了孝惠帝对母后的泣血之语："此非人所为，臣为太后子，终不能治天下。"

寂寞歌舞问苍天

定陶城中是妾家，妾年二八颜如花……日夕悠悠非旧乡，飘飘处处逐君王……

当戚夫人载歌载舞的时候，她的传神与柔媚，从刘邦的眼神里得到了爱意和温情。在刘邦至高无上的呵护与宠爱里，却忽视了背后一双妒忌怨恨的眼睛，这双眼睛因妒恨而种下了恶毒的种子。

戚夫人是封号，本名叫戚懿，山东定陶人。乃汉高祖宠妃，曾随刘邦征战四年。她还是西汉初年的歌舞名家，擅跳"翘袖折腰"舞，舞姿之优美，常得刘邦当众夸奖，兴奋时击掌而歌之。

当刘邦专心宠爱戚姬而冷落原配夫人吕雉时，吕雉对戚姬仇恨的种子发了芽生了根，在某个特定时期，如野草一样疯长。这个特定时期，便是刘邦驾崩后，吕雉之子刘盈孝惠帝年间，吕太后先把戚夫人打入冷宫，让她每天干粗重的舂米之活。舂米的冷宫里传来戚夫人凄凉的歌声：

子为王，母为虏！

终日舂，薄暮常与死相伍！

相离三千里，谁当使告汝！

吕太后为了不留后患，更加恶毒地生了邪念，不但毒死了戚夫人的儿子赵王如意，同时丧心病狂地进行着非人的报复。

当去除了戚夫人的双手双脚时，变态的吕太后恶狠狠地说，让你跳让你舞，让你手软步轻盈，偏让你舞不成步难移。当挖去双眼，震聋双耳灌下哑药时，狼一样的吕太后，一定在笑，看你还能怎样传媚深情又高歌……

仿佛听到戚夫人失去双手双脚时的惨叫，仿佛看到她完全失却人形时的痛楚与悲凉。可是啊，那曾经宠爱她的君王，却再也保护不了她作为普通人的模样。戚夫人寂寞碎裂的身心，在恶毒中被摧残殆尽……

戚夫人在古代帝制的不同宠妃里是死得最惨的一个，受尽羞辱与折磨，受尽凌伤和惨绝人寰的煎熬，让人不寒而栗。

这红颜，岂止是薄命啊！

如果有来生，戚姬一定只愿做一个最平常的村妇。

君楚歌兮妾楚舞，脉脉相看两心苦。

曲未终兮袂更扬，君流涕兮妾断肠……

这旷世的歌舞，直向云天飘去……

错　过

从小被弃在尼姑庵里，在尼姑庵长大的法圆师妹，在荔枝花开时，爱上了对面基地上的班长。由于部队迁移，由于严明的纪律，年轻的班长没有勇气带走法圆师妹。

当部队再次返回时，尼姑庵里再也找不到法圆师妹。多少年后，退役后的班长在露宿的旅馆，从一个服务生的背影喊出：法圆师妹！

尽管这时的她已是青丝满头的妇人，再也不是从前那个剃度三戒的法圆师妹。可她的背影从来没有在班长的心中淡过。

重逢后的法圆师妹说了一句极其经典的话：生命中很多事，你错过一小时，很可能就错过一生了。她还说：你是我生命里的第一个男人，我会想念你的。知道有你在这个世界上，我就会好好地活着。

尽管他们在荔枝花开清香飘过的林子里谈过彼此的身世；尽管在班长第一次见到美好的少女却是光头而落泪；尽管心中的爱，刻骨烙印，挥之不去……始终有一座山，横隔在爱的海洋，无法靠岸。所以，他们真实得手也不曾牵过。

这个故事来自林清玄的《法圆师妹》。

《读者》有一篇《咫尺，然后天涯》，作者：罗西。

"二战"时期，法国女教师，在长长同檐的日子里，渐渐与一位德国军官相爱。怎么能爱上践踏自己国土的敌人呢！尽管这是一个善良的敌人。这种爱，只能流于眼神、无声与关注中。最后以"再见"为永远地结束。

"再见"二字，也成了两人唯一的对白！

不曾牵手，不曾相拥，却波澜于胸。

欲哭无泪，柔肠寸断，却牵念一生。

这是一种怎样的爱？心中没有更好的文字能表情怀。

只想把这段话再默念一遍：很多破碎的爱，只能收纳在心里，缝缝补补一辈子。并不是所有的爱都可以在阳光下绽放，有些爱只能留在怀里，温暖那渐渐冷却的伤心……

守望者

明晃晃的太阳呈白色，刺得睁不开双眼，燥得人心烦。什么话也不想说，什么事也不愿做。不知何处去，心，空落落得难受。

我不能老是待在空调房内，那样只让人感到皮肤干、嗓子紧，整个人干燥得没了水分，失了灵气；我不想老是待在空调房里，我要走到明晃晃的太阳下去，让它的烈焰刺我、伤我、警醒我！

不知不觉中，嘴里哼起"苏武牧羊"调。随着凄婉低沉的曲调，我仿佛看到呼号的寒风里，白雪纷飞，尘沙漫卷，孤苦伶仃的苏武，在山坡上吹箫牧羊思乡的悲凉……

苏武，字子卿。汉武帝时，苏武受派遣率领一百多人，出使匈奴。使者苏武在完成任务准备返回祖国时，却让匈奴扣留了下来。匈奴单于用高官厚禄诱惑，用酷刑拷打，都没能使苏武臣服。

无奈的匈奴单于也被苏武的气节所感动，不忍杀之，也不愿放苏武回到中原。于是，让苏武去遥远的西伯利亚的加尔湖一带放羊。

寒来暑往19载，苏武白了头发白了胡须，始终没有忘记自己是来自汉朝的使者，终日拿着使者的旌节放羊，遥望万里之外的故国亲人。

19年后，匈奴单于换代，苏武终于得以回到了自己的祖国和故乡。

"苏武牧羊"代代流传，传着忠贞不渝的佳话。

苏武留胡节不辱。雪地又冰天，苦愁十九年。渴饮雪，饥吞毡，牧羊北海边。心存汉社稷，旄落犹未还。历尽难中难，心如铁石坚，夜在塞上听笳声，入耳心痛酸。转眼北风吹，群雁汉关飞，白发娘，望儿归，红妆守空帏。三更同入梦，两地谁梦谁。任海枯石烂，大节总不亏，定叫匈奴心惊破胆，拱服汉德威。（此词为民国版田鸣恩先生演唱记录稿）

凄婉的曲调，远去的故事，黯淡了我烦躁的情绪；心中的乐感，守望者的精魂，让我干涩的眼睛噙满了泪水。远古的苏武，仿佛激活了我的渴望、我的性灵、我的思念、我的爱……

水　思

　　因为爱读张承志,他那独特思想组成的文字,化为翅膀乘着我,越时空越大地,看到了干旱不堪,靠冬季积雪攒水的西部,看到了耶路撒冷一路走来的惊心动魄。从此,牵挂起了西北一个叫"西海固"的缺水之地。

　　"西海固",曾经是海?后因枯竭而得名?不得而知。世事轮回,沧海桑田之变化,经年存在,无人可挡。

　　一直爱洁净,喜欢洗洗刷刷,一直也怜惜用水。用洗菜的水来冲厕所,洗衣服的水拿来洗拖把,见到肆无忌惮用水之人,总是会心疼,甚至心烦,会斥责。对水,心怀的是敬畏与感恩之情。

　　少时,母亲教导,用水过度是有罪的;奶奶说,水用多了,将来到阴曹地府是要受"水牢"之苦的。因为有了这些敬畏,于是有了珍惜滴水的柔软心。

　　人,需要信仰来控制无度的欲望!

　　"滴水之恩,当涌泉相报"。此乃水之道,情之道,人之道。平常肉身因为有了泪之水,才有了灵气,有了情感倾泻的表达方式,有了水的柔情,水的故事。

林妹妹用一生的泪水,回报了宝哥哥前世含水浇灌之恩。"水乃生命之源"。当泪干时,命也陨落。留下千古绝句:"女儿是水做的骨肉"。道出自古至今多少儿女情长。

"就让雨把我的头发淋湿,就让风把我的泪吹干……"17岁的一个清晨,是这首歌把睡梦中的我唤醒,从此,早晨听音乐的习惯持续了几十年,一生不会丢失。是雨和泪的情怀,滋养着一个女人成长的心路历程,让一路和风细雨,香花弥漫,深情地活在感恩的世界里。

在40岁的年纪,换了一套临水居房,这一河的雉水,给我带来无限的遐思和灵感,特别是,当雨水与河水相融之时,登临远望,尘世的一切浮华,皆在洗礼中静谧、干净而美好。

走在路上,稀稀落落的雨点砸下来,落在我的头上、脸上、睫毛上、红唇上,不一会便滂滂沱沱、密密集集、满天满地,扑面而来……这追思的清明雨呀,化作大地无尽的泪滴,尽情倾盆,尽情挥洒……

雨水,可以洗尽大地的尘垢;泪水,可以冲刷疼痛的伤痕。

当倾诉,以泪水的方式,喷涌而出,淋漓痛快之后,我知道,该是心如止水、夜阑安静的时候了……

祖先的光芒

师友们聚餐,后窗外,居民房前,有一棵孤寂挺拔的绿树,枝头花开数朵,地上残瓣片片,惊问不知是何树。女友说是"泡桐树"。泡桐即梧桐是也,但,一定有别于"法国梧桐"。

我们的对话,让正吃酒的云石老师听到,于是回头观窗外,兀自来了一句:"寂寞梧桐锁清秋。"转身又吃酒去了。

好一个"寂寞梧桐锁清秋"。让窗外的孤寂和缤纷,让所有的意境与疑惑,在一句诗词的囊括中呈现出美好来。古诗词的图画感和无限魅力,一字一句体现出我们祖先的伟大与光芒。

那年在厦门购得《源氏物语》一部,日本作者紫式部著,丰子恺译。据说这本书有一千多年的历史了,分上中下三册。断断续续读了好长时间,古日本宫廷中过分冗长的描述,过分美化的人物,并不是吸引我读下去的理由。

吸引我读下去的,是丰子恺那略带文言语调,十分精练优美的译文,还有书中常常出现的有关中国古代诗人的名字和诗句,以及书中常常提到日本宫廷中当作珍品，在中国舶来的古画、宣纸、笔墨、丝绸、茶叶等描述。这一切无一不在展示着古中国文化和物产的富有，以及古中国文人在域外受到的喜爱和尊重。

丰子恺美妙的译文，常常感染着我，某些段落读了一遍又一遍。在我有限的阅读里，尽管有不少外国著作里提到中国的风物人情，但包罗最多的还属《源氏物语》。

读梭罗的《瓦尔登湖》时，也有多处提到过中国古圣人的名句，最让我欣喜的是，其中有极简短的一句："孔子说得好：'德不孤，必有邻。'"

这一句"德不孤，必有邻"，出现在外国作者笔下的引用，短短六个字，不但道出了中国古文化的灿烂，同时释解了我们祖人对品德的看重，认可了学识及胸襟之宽阔与悠远，他影响着我们，让我们这些孔子的子孙们倍感荣焉。

从远古走来，先祖的信念与坚持，开拓与进取，才使这份古文化滋养了人们的心灵，修正了人的行为，充实了人的思想。正是有了这份文化的延续，人，才区别与他类，才以人的不屈，行走在纷纭的世间里。

平凡的我们，享受在祖人留下的文化之光芒里，以先祖的信念为准绳，世世代代，上下求索……

人生如书

这个春天的心情,一直沉浸在雨里,还没有来得及去看一看盛开的花朵,仿佛一夜之间,广场上的花事,已然落英缤纷了。

好友的父亲出殡,同学相约到城郊老人的故居,送最后一程。老人一生生养了五女两儿七个孩子,个个在城内工作,个个孩子成家立业生儿育女,加上各自的亲朋好友,在乡村,让丧事办得特别的隆重和热闹。

老人七十多岁,按当地风俗,也算是白喜事。由于连续两次手术,加速了老人的离去,拿主意的孩子们个个内疚不堪,哭得心伤欲裂。

具有民俗特色的乡村丧事,无论是从祭祀礼仪,还是酒席迎客,传承了当地的习俗,同时也有了改良的加入。除了披麻戴孝,哭拜跪叩,孝子孝女们按顺序向来宾跪谢献礼。特别让人感动的是,当棺木最后抬起之时,抬棺者的脚步,在禾场上几退几进几徘徊,表示一个人最后对这片土地,对亲人子孙的恋恋不舍之情。

在孝子贤孙们一片号啕的哭声里,在吹吹打打、凄凄惨惨的器乐声中,让在场相送的众人,饱含泪水……

一个人，行走世间七十多年，最后也就热闹这一回了，无限的感伤在阴郁的天空下，在这个春日的春光里，一切，随着怀念与不舍，随着棺木上的纸白鹤，向着最后的那抔黄土而去。

　　一个人，就是一本书。从封面到最开始的前言，到书中的过程，一路走来，一路相去，历经春夏秋冬，饱经风霜，坎坷不平，起伏徘徊，跌宕轮回，构建成一部人生之鸿篇。

　　当这部书合上之时，留给世间儿孙的，是一腔思绪与怀想，内疚和忏悔，在无尽的慨叹中，让精彩部分，在读者的心中永存……

《他总是笑》带来的反思

算来，已是《读者》二十多年的读者了。从八十年代，它的前生——《读者文摘》开始，断断续续，几乎没有停过。去年，为读高中的女儿全年订阅，我自己也不落下其中的好文章。

昨天拿到2009年的第一期。又见范春歌老师的文章。捧在手上的这篇《他总是笑》，一口气读完，感慨颇多。特别是读到文中主人公因患癌症无钱医治，家人要带他回家，他双手拉着床栏不愿离开医院的求生欲望时，刹那，我流泪了！

于是拿出手机给春歌老师发短信："《他总是笑》读得我都流泪了，遗憾老师没时间去看'范良忠'"。春歌老师回短信说："我一直很愧疚。我清楚我不说这件事，谁也不知，也不会责备我，但我说了，因为会有很多人都有或将有各种内疚。我们一起反思。"

春歌老师是我敬重的老师之一，她为人真诚、豪爽。可是她确实很忙，有时外出采访一去就是几个月，甚至几年。她的行走和忙碌，在为社会和新闻界做出贡献的同时，难免会留下许多遗憾。

我懂得老师之所以真实地写出来的用意，当她忙碌了一年多再去看这位老实忠厚下岗的老同学时，可老同学却在几个月前就去世了。那一刻的痛心和因为病重没能去看望的愧疚一样沉重。

　　这样的遗憾，我们的社会和身边每天都有发生，她用文字的方式提醒自己和世人，在力所能及的时候，尽量少留一些遗憾给自己，多一分温暖给他人。

在读与写中修行

推开落地窗,雨,又在下。一直喜雨的我,不免有了希望它能歇一歇的心情,连续二十多天,没完没了,细细密密,漫不经心地下着,几乎没有停过。像一个伤心流泪刹不住车的爱哭女人,爽直的我不喜欢太多的拖泥带水。

廊台上的衣被未干,洗衣机又添了要洗的衣裳。气温骤降,回落到了寒冬,回落到了不烤火就会发寒的状态,偶然地,雪花也飘洒了起来。

好一个早春二月的倒春寒,好一个"二月春风似剪刀"。这里的二月该是指春节后的古历二月吧,这样的句子,恰恰记录并反映了自古至今,二月里的气节之变化无常吧?

还在午休,朋友发来短信:"《读者》登你的文字了,祝贺啊!"我有些惊喜地发过去问:"啊?真的?哪一期?"朋友干脆把电话打了过来,并调侃说:"在第六期的第三页的'心声'里。不容易啊,在中国第一王牌杂志见到你名字,值得祝贺。"

朋友短短几句话,一扫连日来的阴霾。对于一个执着于读与写的人来说，最大的安慰莫过于得到读者的关注，同时高兴自己所码的文字能变成铅字。

我订的这期还没到，于是到书屋买了一本。虽然篇幅不长，但有一种鼓励在心中催动，让我忘记人生的风雨与烦扰，让我走过不爽不快的沟壑，让我更加积极地去面对我的生活。

读与写，该是我的宗教，一如我对佛的信仰与虔诚。难以想象，要是没有了这份信仰，我该如何面对苍白的人生？如何迎接突如其来的风雨？如何打发漫漫长夜的煎熬？如何面对将来我为儿孙们留下的空白？

在读与写中，让自己静心成长；在读与写中，修正和完善自己的不足；在读与写中，悟得人生的得失；在读与写中，看淡风花雪月；在读与写中，恒定心中的良知……

雨，虽然还在下着，我深知，走过这个雨季，离春暖花开的脚步，便越来越近了……

灵魂里的香气

一对说说笑笑的女孩子迎面走来,她们的笑容是开心和灿烂的。忽闻女孩的粗骂声,原来,一个蓬头垢面的疯子捏了其中一个女孩子。女孩的骂声不但没有制止这个男人,反而遭来他发疯地向女孩挥舞着他那脏不入目的拳头,女孩的脸被打红了,手上的东西也让疯子抢走。

两个不甘心气极的女孩约上一个男孩子,手拿棍子向疯子赶去,拿回了让疯子抢走的东西,被打的女孩拿着棍子追打着落荒而逃的疯子。

这一幕,让路人围观说笑,两个本来很开心的女孩十分沮丧和自认倒霉,特别是挨打的女孩,气难平却又没奈何,谁让你碰上的是疯子呢!

少女时曾经也受过一次疯子的惊吓。站在街角等人的我,突然背后传来一声大吼,原以为是谁恶作剧,没承想,回头只见一副面目狰狞的疯子咧着嘴望着我,我惊得大声尖叫,可能是我的反应过于强烈,反而让疯子有些不知所措地走了。

人生有许多你不能料的未可知,天性本该快乐和幸福的人,却要因为一些外来因素导致不开心，甚至烦恼。所以，人生，没有无尽的烦恼，也不会有永远的快乐。

好友"教授"生前最喜欢说一句话："有多少欢乐就会有多少忧愁"。往往，忧愁和欢乐总是并肩而行。

还在享受空调午休的我，隐约听到窗外淅淅沥沥的雨砸声，迷蒙中以为是梦中雨。起床推开落地窗，一股热气迎面扑来，可是，雨，真真切切地下着，击起远处的河水圈圈点点。

撑着伞漫步于河堤边，一场通通透透的雨清新了大地，同时一扫连日来的高温和热燥；风，吹拂着飘飞的红裙，心，却无所谓好与坏。

踩着满地流的雨水，再一次让我想起明朝学士解缙，他中举时接喜报跑在雨里，因摔跤而作了一首流芳百世的打油诗：春雨贵如油，夏雨满地流。跌倒解学士，笑煞一群牛。

读书人的幽默和快乐，在学有所乐的字里行间；机智和敏锐，在点滴生活中捕获。

读与写，是我生命的一部分。正是这弥足珍贵的一部分，让我平凡的生命，散发着灵魂里的香气，从而驱散和平衡生活中的诸多烦恼与忧愁……

敦煌感伤

敦煌是一个美丽而古老的小城市。

最开始的一点点关于敦煌的印象是曾经年少时看的一部电影《海市蜃楼》，电影中一些模糊的感觉告诉我那是一个充满了神奇色彩的地方。

后来慢慢从余秋雨先生《文化苦旅》中"莫高窟""道士塔"中知道了一些。

5月2日凌晨四点一刻火车到达柳源站，再从柳源乘出租车到敦煌，到达敦煌时是清晨6点钟，天还未亮，首先见到的是霓虹灯下的敦煌市，这样的相见竟如梦般地与我的梦想相吻合。

接我的敦煌中队干部把我安排在敦煌"金叶宾馆"，略作休息后，九点租"的士"直奔"莫高窟"，沿路的中外游客排成长长的伍队进"千佛洞"参观，每一组游客一个导游，解说着每一窟的年限和历史故事。

对敦煌历史完全不了解的我只有惊叹盛唐时的伟大，惊异于一千多年的壁画，色泽竟还是如此的鲜亮可鉴。

当参观到某个窟时，导游解说几处空白的印子，说是某年某月被美国人用黏胶偷走时,所有的中国游客无一不气愤怒骂。

"莫高窟"的藏经洞是被一个道士无意中发现的,在我还一点都不了解敦煌历史时,当看到余秋雨先生的"道士塔"中斥责王道士,我也是赞同的。

余先生写道:"历史有记载,他是敦煌的罪人,我见过他的照片,穿着土布棉衣,目光呆滞,畏畏缩缩,是那个时代到处可以遇见的一个中国平民,他原是湖北麻城的农民,逃荒到甘肃做了道士,几经转折,不幸由他当了莫高窟的家,把持着中国古代最灿烂的文化,他从外国冒险家手里接过极少的钱财,让他们把难以计数的敦煌文物一箱箱地运走,完全可以把愤怒的洪水向他倾泻,但是他太卑微、太渺小、太愚昧,最大的倾泻也只是对牛弹琴。"

既是"到处可见的一个逃荒的中国平民",岂能担此重任?

当我千里迢迢见到了敦煌后,特别是看了刘诗平先生的《敦煌百年》中恰当而中肯的评价后,我的思想不再麻木。

刘先生记有:"王道士发现的藏经洞,由于当时官员和学者的麻木不仁,使得王道士与这些藏品长期相伴,在藏经洞的藏品纷纷被运往国外,中国学者得知实情以后,没有一个人不是痛心疾首的,埋怨当地政府不负责任的有之,指责外国人的有之,在所有激愤言辞中,没有人比叶昌炽更悔恨交加的了,因为连他自己也承认,他本来是最有机会的,如果说,王道士的文化教养不足以了解敦煌藏品的真正价值的话,那么像叶昌炽这样的一流学者总应该具有相应的意识吧,但令人扼腕的是他的脚步在敦煌几百里之外停了下来,成为中国人在敦煌伤心史上最遗憾的一个镜头,在外国人到达敦煌之前,中国曾有长达七年的时间可以妥善保护藏经洞中的珍品,但是中国与自己的国宝一次又一次地失之交臂。中国,你究竟怎么了?"

更让我吃惊的是,《敦煌百年》书中有这样的文字:"1902年3月,汪宗瀚出任敦煌县县令,汪县令很快就得到了王道士送来的经卷和绢画,这是发现藏经洞的第二年。汪宗瀚,字栗庵,湖北通山人,与王道士算是老乡,汪宗瀚熟谙历史文化,不愧为光绪十六年(1890)的进士,当他见到王道士送来的经卷后,立即判断出了这些经卷非同一般,但他同样没有采取任何措施,只是在1903年冬天,将这一消息写信告诉了兰州甘肃学政叶昌炽。"

这不能说不是一种机缘,百年后的我作为一个通山人出现在敦煌只是一个普通的参观旅游者,可当我看完这则文字时,震惊得双眼发亮半天说不出一句话来。

在敦煌史上竟有两位至关紧要的湖北人,甚至通山人,我不知是悲还是喜。

应该说这位通山籍县令算是做过努力的。

作为湖北通山人,我真想为这两位前辈的故乡人共同承担,弥补百年过失,然而当时整个清政府的腐败和不重视,他们一个小小的道士,一个小小的县令又能何为呢?

我悲哀的不只是王道士,抑或汪县令,而是天意和天意对当朝的惩罚,以及对后人的警醒。

敦煌印记,给我的感觉是一个太过沉重的历史话题,不是我这样的小人物可以评判是非的。

第三辑　真情阅读

可爱诗人叶文福

一

对叶文福老师，写下"可爱"二字时，我也在考虑是否妥当。可是，我还是坚持用"可爱"二字了。叶老师年长我父亲一岁，加之我是她"娘亲故乡人"，这"可爱"二字，同时涵盖了一个女儿对父亲的喜欢和敬重。

有时，心有灵犀一词，还真有神通的时候。刚写下上边这段话，手机铃声响起，叶老师来电话了，告诉我他写了一首诗，也就是这次回乡寻母踪的感触。并在电话里一字一句地给我念了出来：

船到王英泪涕流，母亲湖水泊恩仇。
家慈一去无归路，魂魄终于有应酬。
四面青山娘未嫁，一湖碧水笑还羞。

钟灵毓秀如诗画，孕出陶翁应有由。

放下电话，思绪有些乱了。我不知道，不知道该从何处入手才能更好更准确地，把我心中诗人的可爱之处来展现；我的笔胆怯了，胆怯得不知怎样去抒怀，抒怀可爱诗人之可爱的神采与气韵。

于是，我放下笔。一放，便是一个多月。

二

2005年，初次与叶老师相识，凭着诗人一番演说对我产生的震撼，凭着自己一股子稚气的冲动，毫不犹豫地，写下了《诗之魂》一文。五年过去了，再次见到叶老师，并随之相处了更多的时间，陪他回故乡，与他共进餐，听他神采飞扬地诵诗，听他满怀深情的讲座，享受他挥毫泼墨的书法……了解诗人越多，手中的笔，更加羞涩了。

叶老师来通山时，我正独自回故乡的路上。当天没能赶回来的我，听着故乡滴答缠绵的檐雨，通过电波，从远处传来叶老师亲切的话语："倪霞，鬼崽耶！明天一定要赶回来啊，我的书为你留了一本。"

赶回来见到叶老师，江南雨，通通透透地下着，仿佛下着叶老师思母的心情，一如诗人胸中无尽的情愫，淅淅沥沥、缠缠绵绵……

叶老师是受邀到武汉为新书、散文集《收割自己的光芒》进行签售活动的。通山有关方借此机会把叶老师接了过来。叶老师本是咸宁赤壁人，他说："咸宁的县市几乎都去过，却一直没敢让脚步踏进通山，因为通山是母亲的故乡，近乡情更怯啊！母亲是18岁那年讨饭出去的，在苦难的岁月里，母亲一直没有回来过，母亲常常抱着年幼的我，边哼家乡的山歌边流泪……"回忆中的叶老师，眼里噙满了泪水。

叶老师的母亲姓倪，我也姓倪，而且我们是同一个地方的倪姓。因为这个倪姓，所以叶老师特别抬爱我，总是对人说："我娘亲的故乡人。"

三

在隐水洞的酒家里，刚入座，从武汉陪叶老师同来的朋友笑着对我说：刚才读你写的有关九宫山的诗，一句"一山容两教"的"容"字用得好。叶老师回头看着身边的我笑着说，我要是你，便这样写九宫山：上帝告诉我／我是九宫山的女儿／九宫的最后一宫／是母亲的子宫。

在座者，皆拍手叫好。

这首叶老师代我写的有关九宫山的诗，深深地，潜入到了我的心底。

下午，凤池广场的八楼会议厅，叶老师以《捍卫汉语的尊严》为题，为通山作协的部分会员和部分高中生做了一堂精彩的讲座。说到文人诗人时，叶老师说："一个文人、诗人，不可以改变世界改变生活，但完全可以改变自己，既不出卖自己，也要懂得保护自己，把自己教育好，就是对人类的贡献。"

次日，去王英寻母亲故乡的路上，和叶老师坐在一起的我，一直在聆听诗人写散文之观点；仙岛湖畔，叶老师临湖高诵《将军，不能这样做》；酒席上，见到倪姓族人，诗人潸然泪下，并挥毫写下"老娘土""母亲湖"；告别时，66岁的他，给倪姓族人行双膝跪地之大礼。这位享誉神州的诗人，这位可爱又可敬的老人，至情至性，时时刻刻，在用一颗赤子的情怀，孩子般的可爱与真诚，面对母亲故乡的山水与亲人。

离开通山的前两晚，叶老师为连日来陪同的领导和朋友们写下了多幅书法作品，几乎是有求必写，写得大汗淋漓，写得笑逐颜开。在一位朋友的家宴后，朋友诚惶诚恐地请叶老师写字，叶老师欣然接受。记得写到叶老师自己最喜欢的那首梅花诗时，一旁看得兴趣洒然的领导激动地说：叶老师，这一幅太好了，给我吧？叶老师写好抬起头，看看领导，又看看我说：这一幅给倪霞吧，昨天为她写的那幅我不满意。领导哈哈大笑说：好、好！还是疼你娘亲的家乡人啊！

四

叶老师离开通山时，雨，又开始下了起来，仿佛是母亲依恋和不舍的泪滴。送走叶老师后，我开始读他赠送给我的散文集《收割自己的光芒》。从头到尾，断断续续，一字不落地读，边读边用笔记了许多记号，有的篇幅甚至读了多遍，还会忍不住在旁边写几句当时的感想，某些场景和片断，常常让我落泪。

通过这些文字，我更多更深地了解了叶老师的成长与苦难，以及那个时代走来的印记；了解了一个诗人对社会的担当与责任；看到了一个诗人面对苦难和屈辱时的不屈与坚韧；同时，看到了一个儿子对祖国对母亲的爱，一个普通人对故乡对朋友的情……

记得2005年，见到叶老师被他的话语感染与震荡的我，忍不住上前拉着将要离去的叶老师询问："老师您去哪里啊？真想随您一起去。"叶老师慈爱地看了我一眼，继而望着远方说："孩子啊，我去哪里？我去远方……"

这段对话后来我写在了《诗之魂》一文里。不久却有人告诉我的一位朋友，说我要随叶老师去，不知是当时在场还是读了文章的人，只知道朋友善意地提醒我，让我不要见到大家就要随人去，要是见到更大的大家那还了得！我大声说笑，要随他去，只是因为诗人当时制造的氛围让我这个观者意犹未尽，希望还能继续感受他那种独特话语的精彩演说，还能有什么其他的意思呢？

如今想起来，我自己也觉得好笑，但我从不后悔说过要随大师去的那种追随之心情。人是需要有精神追求和崇拜的，特别是面对值得敬重的人时。常有好友笑我说：战争年代，你一定是不怕死冲在最前头的那个激进派。我为自己能做"冲在最前头的激进派"而自豪。一个受祖国文化熏陶的爱国者，如果不能够冲在最前边，还能真心爱自己祖国的文化吗？

再次面对叶老师，我才深深看到了自己的渺小，在叶老师的身上和诗行里，我看到了什么才是真正的不顾自己而冲在前边的激进派。他的《将军，不能这样做》，震撼了神州大地，让多少人读得激情澎湃，热血沸腾，让多少师范生随诗行而流泪，成长着走向社会教书育人。

真正的诗人，应该是有血性的，这份血性，应该影响不同的后来者；这样的诗人，是有灵魂的，他们，是民族的脊梁。

五

《收割自己的光芒》的许多篇章里，有太多感人的好文章好句子，我不能够一一列举。这里，我最想说的，是最具人性、最具温暖的两篇，一篇是记载了巴金老人的《巴老，我的神》，一篇是述说了一代宗师艾青的《为着那永恒的一声》。

因为一首长诗《将军，不能这样做》而受审查，当时的叶文福还不到 30 岁，审查组专门成立了"叶文福问题办公室"，长达几年之久。因为受审，老家的"军属光荣"也受到牵连，春节时，叶文福不想让母亲和兄长们难受，也就不想回老家过春节。上海的一位战友安排他去上海过节，因为心情难以舒展，用心良苦的战友特意安排了一次与巴金老人的会面。这之前，巴老的女儿，在《收获》杂志当编辑的李林，曾开《收获》不发诗歌的先河，为叶文福的长诗《青春的歌》提供了平台。巴老也早就知道了叶文福。

在巴老家的客厅，八十一岁的巴老，谈话中让预约的半小时延续到两小时，叶文福像一个受尽委屈的儿子见到了久别的慈父，从最开始的只想哭，到后来语无伦次地对巴老的倾诉。从小时因说话"口吃"的自卑，到读到普希金的"我为自己树起一座无金石的纪念碑"时的震撼……巴老一直用热情、宽和、笑容，还有推迟的时间来鼓励叶文福，温暖着这位中国文坛的后生。一如叶老师在文中写道："他的笑声像阳光一样照耀着我，一种真实的灵魂的阳光照彻了我，几乎将我融化。一生一次，这是不是朝觐？"

与艾青夫妇的情缘，因为同在北京，有过多次的接触，他视艾老是最知他的，他也是最懂艾老的。

叶文福受审期间，是"文革"后不久。受审中的叶文福收到了中国作协寄来的一张电影票。前往看电影的叶文福，刻意站在大厅里看着许多熟悉的面孔走过。这些曾经的熟人无视这位穿着一身军装，凛然在那里的叶文福。当电影快要开始时，叶文福悲哀地犹豫着去留，却从身后传来了"小叶"的叫唤。是艾青与夫人高瑛，叫小叶的是如母亲般的高瑛。面对这一声呼唤，叶文福哽咽泪流。艾老挡住叶文福递过来的烟说："今天应该是我给你烟。"艾老再次挡住叶文福要给他点烟的手说："今天该我给你点烟。"艾老看着周边的环境说："你这时候到这里来不是自讨没趣？你现在是鬼，这些人都是鬼变的，我也是，你看看，我现在还有鬼气。"

艾老特殊的安慰方式和夫人高瑛的母性关怀，让当时满腹落寞的叶文福，心境明亮了起来。

这两篇文章，着实让人读来温暖又平常。正是中国文坛两位泰斗人物那朴素的温暖，点亮了诗人心中的心灯，照着他在黑夜里，在困境中走出来，让他铭记终生，走到今天，直至永远……

六

那天,叶老师又打来电话,嗔怪地说:"倪霞,回北京后他们都给我打了电话,你这孩子怎么悄无声息啊?"我笑说,我一直想写《可爱诗人叶文福》,可一直又没写出来,只想等写出来了再给您电话的。电话那头的叶老师笑着说:"你这孩子,我可爱吗?你看到了我的可爱,却没看到我的痛苦呢!"

现在想起来,叶老师的眼神里,确实是有忧虑的。这位将步入古稀之年的老人,给我这个晚辈的诸多感受,仍是"可爱"二字。这位曾经"口吃"过的诗人,如今诵起诗来,铿锵有力、神采飞扬、抑扬顿挫、毫不含糊地可爱着;这位当年年轻得只有二十多岁便震撼中国文坛的诗人,随着盛名而来的是受审查;这位38岁就"退休"的军人,在那么多艰难的岁月里,用诗,为自己建了一座非金石的纪念碑!

在通山短短的几天里,叶老师多次纠正年轻人不要称"老公""老婆"。他说应该叫"爱人",要用真心去爱你身边的人。老师的书中记载了他与爱人结婚时,因为在接受审查,所以没有地方做洞房。一位初次见面,叫贾真的山西平原诗人,得知后含着泪痛心地说:"大诗人叶文福为幼儿园的孩子争房子,自己结婚竟没有一间迎接新娘的房子,悲哀啊……"后来是这位诗人通过朋友,在招待所布置了一间新房,让叶文福迎娶了他的新娘,他终身的爱人。

能在没有洞房的情况下愿意嫁给正在受审查的诗人的女子,当是值得叶老师爱护一辈子的好女子。

读完《巴老,我的神》一文时,我在文章后边的大半页空页里,随手写下了长长一段话:如果时光倒退30年,如果30年前的我正值青春岁月,当满腹愁绪与胸怀诗海的叶文福,穿着军装的叶文福,炯炯眼神含着泪水的叶文福站在我面前时,我相信,我一定会爱上他!这种爱,除了诗，除了情，除了坦荡不二的诗人气质带来的震荡，除了柔情似水的大爱，应该还有夏娃对亚当的渴慕。在那样一个崇拜军人又精神荒芜的时代里，一个具有军人风范和诗人忧患的优秀男子，是值得每个不同年代的优秀女子去敬重与爱慕的。

我愿意，愿意坐在自行车的后座，跑在无垠的旷野里，面对蓝天而欢声笑语！

所以，才有了叶老师与他的夫人王粒儿的美丽传奇。当年，19岁的王粒儿是工程兵电话员，非常热爱诗歌。"第一次听他上课，他讲了8个小时，台下有10多个学生，我就说：老师是屈原，我就要做婵娟。"于是，他们相爱了，一个情窦初开的浪漫少女，爱上了才华横溢的诗人，爱上了这位敢于担当的男子汉，哪怕没洞房又何妨？在王粒儿眼里，叶文福是个好丈夫、好父亲。现在是北京一家杂志主编的王粒儿也是诗人，在她的诗行里写的全是叶文福，他们的女儿在音乐学院上大三。

我这位"娘亲故乡人"，爱着眼前这位激情依然的可爱诗人，豪情万丈的可爱老人，却是一个女儿，对父亲的怜爱与敬重！

叶文福，这三个字，随着他那钙质充分又柔情满怀的诗，在中国的文史册页里，在每一个爱着中国文化的人的心中，闪亮而不朽。

诗人的保护神

——叶文福与王粒儿的爱情故事

让我爱而不受感戴,让我事而不受赏赐,让我尽力而不被人记,让我受苦而不被人睹……

——倪述祖

一

我想写她!就在2010年10月1日的夜晚。

我想写她,就在她怀抱鲜花走下小车脱口叫我"倪霞"的刹那。那一声亲切的呼唤,仿佛我们并不是第一次相见;那一声脆响的北方普通话,亮了暗沉的街灯,暖了绵绵的秋雨,让街边的桂花香带着香甜之味环绕;那一声叫喊,让我浑身为之一颤,让我们合着鲜花的拥抱,是如此的自然而美好。

接下来的故事,接下来的相伴,接下来的感动,我更深地懂得,我稚嫩的笔,不仅只是要抒写,更多的是歌颂。是的,歌颂!我要大胆而自信地用我的笔来歌颂她,歌颂一位了不起的中国女性,歌颂一位准确追求自己的爱情,不顾苦难深重,以全身心的爱,去爱一位民族诗人的好女子。她,就是民族诗人叶文福的爱人——王粒儿。

这是第二次随叶老师回家乡。第一次回故乡赤壁时,站在母亲的坟前,她失声痛哭,那是一位孕育了她爱人的普通而又伟大的中国母亲,作为儿媳无缘一面相见而痛心。她说,这次来到母亲的故乡,见到母亲家乡倪姓的倪霞,我是用一颗爱母亲的心来面对你的!

二

无论是在饭桌、在酒店,还是在银河谷、九宫山、云中湖抑或闯王陵,她的笑容始终是沉静而充满爱意的。在叶老师发表言论甚至诵诗的时候,她总是安静地聆听,一言不发,有时还见她拿出录音笔来,录下叶老师字字珠玑句句是诗、震撼性的语言。从外观看,叶老师像慈父,而她像个女儿;当叶老师有时因激动而有清鼻涕闪烁时,她会带着笑意用纸巾去为他擦拭,这时候的她,又像是母亲。

在银河谷由叶老师命名的"母亲山"旷野,每当叶老师向她介绍一种北方人见不到的农作物和瓜果时,她总是下意识地去拥抱叶老师。这一份表里如一的真情与爱意,是绝对装不出来的。她是那样深情地爱着这位年长她二十岁的爱人。是的,爱人,他们只称对方为爱人。

叶老师说,粒儿做了我二十一年的妻子,我们的女儿都大了,如果没有她,不定我都死了多少回了。所以,我为她写了几十首诗,在她不知道的时候写的,集在一起,今年我才把它交给她家乡山西的杂志一次性发表,算是我送给她的礼物。她捧着读着,哭了一个上午。在写给她的众多诗里,我最喜欢的两句是:"娇妻本是半床书,研得精髓大丈夫"。

一边沉静着的王粒儿说："此生足矣！"顿了一会儿，粒儿老师望着我说："倪霞，你知道吗？我们的爱情不仅是普通的男女之爱，如果仅只是男女之爱的话，不会走到今天，因为我们经历的苦难太多了。我们的爱是有共同信仰的，是升华了的爱。记得在我们的婚礼上我说过，我是代表苦难的中华民族，代表黄土高原的一方儿女来保护我们苦难的民族诗人的，所以再大的困难和苦痛也能扛过去，甚至曾经的痛苦也化成了今天的幸福。"她的话掷地有声，深深地感动了在座的每一个普通人。

三

王粒儿出生在老八路老干部的家庭，父亲五十年代在南京军事学院（黄埔军校的前身）读书时，与迟浩田是非常好的同班同学。18岁那年，父亲送王粒儿去了部队，第一次列队上操时，有领导告诫说：后边有个诗人叫叶文福，他是上级领导点名批判受审的，你们千万别回头看他，更不能去接触他！

好奇的王粒儿偏偏回头看了，她看到了一位穿着军装，瞪着双眼抽着烟，像在思考什么的军人。她说至今也忘不了他当时的神情，不信邪的王粒儿偏偏也爱着诗，并悄悄随着另外7位同样爱诗的战友走进了叶文福的宿舍，听他一口气讲了八个小时的课，听完课的王粒儿惊住了，她感觉眼前这人就是屈原，如果他是屈原，她一定要做婵娟，哪怕让她喝下毒酒也在所不惜。

她们相爱了，王粒儿却因为与诗人相爱而被勒令脱下了军装；1988年，他们在王粒儿的老家山西结婚，当地风俗是，出嫁的女儿不能够在娘家结婚，所以他们没有洞房，在诗人贾真的帮助下，在山西原平县委招待所举行了婚礼。更重的苦难与考验还在后边。第二年，诗人进了监狱，王粒儿带着嗷嗷待哺的女儿，唯一的信念就是等待爱人出来。诗人被关在称为中国的"巴士底"监狱里,不让任何人见,但是粒儿不知用一种怎样神奇的方法,如神兵一样送来了5袋奶粉。送进去的衣物和日用品,是不许写信不能递字条的,但是必须签名,王粒儿借用签名写下一句:"我是你活着的希望,你是我活着的未来。好好活着,我和女儿等你回来!"同时她还把"王粒儿"签成"叶粒儿",以示她永远等着诗人的归来。

从监狱出来的第10年,即2002年,诗人得了直肠癌。王粒儿说,这时候的她几乎绝望了,在监狱,有盼着出来的那一天,可这病魔,让人几近崩溃。看着气若游丝的他,她告诉自己,不能绝望。突然想到,要去求佛祖!大年初二别人都在合家团圆过春节的日子,她从医院独自跑到"潭柘寺",找到那里的方丈,方丈告诉她,此人有此一大劫难,但能走过。方丈教她从今天开始,每天吃斋念佛并每天放生六条鱼,坚持42天后,一定能走过来。

从这一天开始,王粒儿每天早上到市场买六条活鱼,然后从肿瘤医院这边跨过一座桥,去到活水的河里放生。初去时,有冬泳的人嬉笑她说:"给我得了,省得我等会去抓捕。"她旁若无人地敲开冰层放生,每放一条鱼必须大声念一句:"救苦救难的观世音菩萨,救我的爱人叶文福。"如此这般,42天,每天除了在病床边支起的小床照顾爱人,其他时间便是念经吃素放生。到后来放生的时候,只要远远地看到她提着鱼儿来了,冬泳的人主动为她让开那个放生的冰窟窿,让这位坚定而不屈的女子来放生。

奇迹终于出现了,诗人顽强地活了过来。

王粒儿说到这儿的时候,诗人流下了伤感的泪水。几天来,这是我所听到王粒儿说话最多的时候。叶老师说,那些日子,只要能起床走路,便在肿瘤医院的小院子里来回走圈圈,一边走一边一遍一遍地背《离骚》,14岁开始读《离骚》,他告诉自己,不管能否活下来,要背着《离骚》而死去……

四

　　大凡天降大任之人，总是或多或少地有一些传奇色彩，或叫神秘色彩。叶老师也不例外。

　　叶老师说他刚到部队当兵时，由于战友操作失误差点让他丧了命。心有余悸的他跑去告诉领导时，没想到得到的是一顿怒骂。敏感无助的诗人，独自躲到山洞里哭泣。正哭的时候突见一条小蛇向他游来，他不但没有半点畏惧，反而对着小蛇倾诉起来：书里面的书生受苦受难时，总会有仙女来保护，怎么就没人来保护我呢？

　　叶老师告诉我们，他第一次握着王粒儿的手便说：你一定是1965年5月出生，你家在山西，你属蛇！叶老师说到这，我们都惊呆了。这时王粒儿接着说：他当时说这些话时，我说，是啊，老师怎么会知道啊？

　　叶老师在山洞哭泣时的地点就在山西，那一天也正是王粒儿出生的日子。冥冥中，王粒儿就是老天派来保护书生保护诗人的。

　　难怪叶老师在他38岁时，回家乡和他的一帮学生去钓鱼，因为没钓到鱼，学生要送他鱼，他却说自己是神仙，才不屑于钓没钓到鱼呢，于是有了经典诗作《钓歌》的诞生：

　　人生难得万事休／卸戎装／挂缨枪／作流囚。楚地蛮荒／风雨任淹留。半襄雅趣／一竿闲愁／垂钓野马渡头／忘却燕南夜话／吐尽玉马烦忧／宗元钓雪我钓秋。山远／水近／鱼游／射日好身手／钓得一江水倒流／此生谁料／雄赳赳／三十八岁退休／笑看金鲤不上钩。金鲤莫上钩／莫看竹竿静／丝丝柔／苇筒浮／弩拔弓张／水深处／悬阴谋／本该东海做鲸虬／一旦命奔黄泉／只为误吞一口／可怜一生／只供钓翁三盅酒／钓得清风两袖／喜欢满鱼篓／我少一份丰收／鱼多一天自由。新月浮云海／好行舟／浑身还涌少年血／一跃上船头／纵横挥竿纵横笑／一行诗／钓满天星斗。

写这首诗的时候，王粒儿仍养在深闺。

五

我常想，叶老师有了王粒儿是福，王粒儿有了叶老师又何尝不是福呢？

有些细节值得一说，每有人请叶老师讲学，回家后讲课费交给爱人时，往往是信封没开封；他找不到家里的钱放在哪里，教他他也会忘记；出门时为了联系方便给他带上手机，当手机在自己兜里响时，他没有反应；到医院看病时医生问他哪不舒服，他让问她，他说只管生病；他却在家做不同的清洁卫生和家务……他不关注生活的细节，可他关心国家与民族的发展与安危。

一如他的诗作《火柴》那样，面对邪恶时，他分明是一个斗士。这首诗翻译成了七个国家的语言，让无数人吟诵：

可怜一家子／百十口，挤一间没有窗门的斗室／个个都渺小，渺小得全家一个名字。但是，个个都正直／站着是擎天柱的缩影／躺下，是一行待燃的诗／每个人都有一颗自己的头颅／每人，一生／只发言一次，光的发言／火的发言／燃烧的生命／高举鲜艳的旗帜。明知言罢即死，却前赴后继／谁都知道，一次发言／是一生的宗旨／是神圣的天职／没有膝盖／不会下跪／既拒绝当奴才／也拒绝当主子／呵／火柴／伟大的家族／英雄一家子／莫说渺小，个个都是战士。

一个心中装着民族，装着诗的男人，心无旁骛地，用心，爱诗写诗；用心，爱心中所爱的人；用诗来装点他们的爱情，用爱来向世人宣誓，用情来关注人间的苦难与痛楚。这样的男人，是值得像王粒儿这样优秀又大义的女子去爱的。所以，做某杂志主编的她也写诗，但她只为他的爱人一个人写诗。

曾经我写过一篇《爱情去了哪里》，对我所看到的爱情质疑和失望。在了解和看到叶老师夫妇的爱情后，不得不感叹，只因我们太平凡，平凡得让爱情也落入了俗套。在凡尘俗世里，有多少爱情背信弃义，有多少爱情支离破碎，有多少爱情难经风雨，又有多少爱情不共荣华与富贵。

叶文福与王粒儿的爱情，堪称现代浮华世间里的绝唱。

六

我不知道历史上是否真有婵娟这个女子，今天的王粒儿用一生的爱来诠释了婵娟的内涵，让我懂得，婵娟所赋予人间的意义。有意味的是，山西忻州是貂蝉的故乡。

"让我爱而不受感戴，让我事而不受赏赐，让我尽力而不被人记，让我受苦而不被人睹……"

这几句，是倪姓述祖先生在狱中所作的诗句。倪述祖又名倪柝声，1903年11月4日（农历八月十五）生于广东汕头，福州人。当时他父亲倪文修（1877—1941）正在汕头任海关官员。倪家是福州最早的基督教家庭之一，已故的祖父倪玉成（1840—1890）是福州公理会最早的华人牧师之一。他的这几句诗，当是献给王粒儿老师最好的写照。

她是美的。她的那种美，是优雅大气之美，是坚韧贤淑之美，是通明无畏之美。就是这样一个女子，可共荣华能患难相随的女子，如黑夜里的一盏灯，冬日里的一炉火，照亮、温暖、相伴着诗人不平凡的一生；就是这样一个富有贵气的女子，无怨无悔无所求地用爱来诠释心中所爱。她分明是上天派来保护诗人叶文福的女神。

笔尖的驰骋

多年前,《武汉晚报》征文,主题是,只能选择一件物件,你会选择什么带进二十一世纪。当时我写下的是《带着〈冰心自传〉走进二十一世纪》。因为,带着冰心奶奶的文字,便意味,带着"爱"上路了。

冰心出生时,其姑姑去为她算命,算命先生仅给了两句话她带回去:"富贵逼人无地处,长安道上马如飞"。有这两句,何需多言?

人生于世,也许真有命数,不同的人,一定带着不同的使命而来。冰心虽然是美丽的小女子,却以笔当马,驰骋在广阔的草原,在历史的年轮里,为世代人留下了嘚嘚马蹄之深深印痕。

在福州,走进冰心故居,这个幽雅玲珑的小庭院,冰心之前,林觉民住过。林觉民24岁便为革命献出了年轻的生命。进门的"一座宅院,两位名人"的石碑上,刻有这样的文字:同一屋檐下,先后走出两位大写的人。一位为砸烂旧世界而英勇赴死,一位为建造大爱屋而华生从文……前者觉明为有牺牲而永生时年二十四岁,后者冰心为有爱心而长寿享年一百岁。

冰心出身名门，少时常常男装打扮，随父亲在烟台海边的军队里度过童年时光，长大后进学堂读书，后来嫁给先生吴文藻，家庭生活也十分美满。她一路驰骋，撒播爱的文字，让花香一路，真情一路。她的一生，以爱贯穿，行走人间百年，成为一座世人景仰的爱的丰碑！

许多时候，古今文人，因文字的相通，便有了心的共鸣，每一个对文字付出真情、真心、真爱的人，都是值得景仰和敬重的。

在厦门，当我怀抱一束香水百合见到已等候我多时的曾纪鑫老师时，那一刻，倏地想到，曾老师曾在《昨天并未走远——向阳湖"五七干校"回眸与反思》一文中的开头语："许多时候，历史真的就是一种缘分！"

人与人的相遇和再相逢，又何尝不是一种缘分呢？

2007年深秋，一个阳光灿烂的日子，曾老师参加完在武汉的"八艺节"，随几位师友来到通山，我有幸陪同一起到闯王陵参观，恰巧那天是我的生日，同行师友共祝我生日快乐，因为这个特殊的日子，让相聚的开心，记忆更加深刻起来。曾老师的厚道和严谨给我展示了学者之风范。得知我前不久刚去过厦门，任《厦门文艺》主编的他笑着说遗憾，早点认识我们就可以在厦门见了，于是为我留下他的名片，让再有机会到厦门一定记得找他。不久，收到曾老师寄来的著作《历史的刀锋》。

真的没想到，这么快，我又来到了厦门，当车子还在路上时，便给曾老师发了一条短信，有点"投石问路"之感。短信一直没有回音，猜想老师是否出差或换手机号了。一直是个无畏又十分敏感的自尊之人。所以一直在忐忑中期待着，毕竟，在这个陌生的城市，有一个我曾相识而敬重的人。

约两小时后，当我们的车子刚进入厦门市区时，接到曾老师打来的电话，他说，只要不离开厦门，几乎不开手机，只用小灵通，因为手机辐射太大。今天中午醒得早，突然想打开手机看看，看到你的短信时，还以为是愚人节呢!

曾老师的幽默和热情,完全打消了我的顾虑。

随曾老师走进他的家,已有厦门晚报的黄编辑在坐着。我们三人,在品茶、聊天、吃水果中让时间定格在这个美好的下午。曾老师细心地为我准备了几十本全国各地不同的杂志书刊让我带走,鼓励我多读多写多投稿。

学究味十足的曾老师乃湖北公安县人,2005年厦门作为重点人才引进,享受特殊津贴。他的文化大散文《千秋家国梦》《历史的刀锋》被学术界隆重推荐,并在台湾再版。他那四壁皆书的书房,置身其中,也得沾上一缕书香带走。在他大气磅礴的文章里,常常有战争的硝烟和奔驰的马群掠过。

读他的文化大散文,总是让我有一种难以靠近的距离感,与他本人的随和亲切是有区别的。我知道,那是文化底蕴的差距。他那厚重的文字把我带进一片无垠的沙漠里,让渺小的我苍茫四顾找不到北,只有顺着他的牵引,才能走出困境,从而到达一个奇异的世界,了解尘烟远去的历史和人物,那一个个不同人物的呈现,以最人性化的探索,让人受益,然后看到荒漠花开。

他的文字,是需要有一定文化底蕴的人才能读得淋漓尽致的。

著名学者、作家胡平于是说:学者型作家曾纪鑫的《历史的刀锋》以古代顶尖级历史人物为切入点,在激情与理性的诗意化书写中,对中国历史进行方方面面的描述与反思。该书融历史的厚重、文学的灵动、哲学的睿智于一体,是中国文坛近年来不可多得的一部纵横捭阖的大气之作。

曾老师是睿智博学的,他让我真切感受到一个大家的平实、亲切和淡定。其实,有一点我们又是相似的,以单位为寄托,写作是自己之所爱，只是我是小爱好，而他，则是化爱为大作为。在他身上，我看到了一种大气而稳健的含蓄美。

他的文字，是让我这样的人景仰和学习的，但不敢涉笔评说，因为，他骑的是扬鞭快马，而我，只是那草原花开时节的牧羊女，在高高的山岗上，落寞地，看那嘚嘚的马蹄，绝尘而去……

仰望或者倾听
——读刘学刚散文有感

《清澈》和《路上的风景》两本书，是坐沙发上断断续续读完的。烤着南方人特有的取代传统炭火的"鸟笼"，在家人看电视的时候，在做完烦琐家务时，在不甚喜欢的节目或广告之间，捧着这些文字，随意地读；有时是独自在家，关掉电视之后，听着时钟的嘀嗒声，窗外是淅沥的冬雨，或暖暖的冬阳，仍是坐在沙发上炉火前，静静地读。读到感动处抑或出彩时提笔做记号。

读他的文字，我是收了益的。收益着我心中有却笔下无的美好与洗练，收益着一字一句一真情的细腻。读他的文字，没有丝毫的勉强，更多的是被那一腔盈盈深情所吸引。牵引着你情不自禁地随着他的文字前行，在他的文字旷野里，走向时间和故事的深处，以及作者一路走来的不易。"我的父母，用低到泥土的姿态，换取了妻子的认可和舒心。""我长久地凝视着一棵桃树，回忆远去的花朵。桃树是转世的母亲。""我一天里最想做的事情居然是做梦。只有在梦里，才能见到活着的母亲。""我看不见童年的父亲，我深一脚浅一脚地向他走去，从39岁走到37岁（这一年，母亲病逝），走到29岁（这一年，我结婚），走到18岁（这一年，我考上师范学校）。我能把父亲拉回过去的生活吗？""在隐秘的夜晚，是谁在唤着我的乳名，引领我的飞翔？"……

文字的灵感一如风，一刹那地闪现与捕捉。读一个人的文字，唯有触动和感动，才能让如风的灵感吹来，让你抑制不住提笔疾驰，如快马奔腾于草原，畅快又淋漓在文字的原野：呼吸、仰望、舒展，或深深地哀伤……他的文字，深深地触动着我，触在灵魂深处的思索和感动中。"我的心就像土地，是在那样的一个时刻，一点一点地变软的，身体里的水分让一个人干净、通透，如静默的植物，有着寻常的绿色、宽厚的接纳。""是一场雨。晓看红湿处，花瓣温润瓷实，浮着一层脆薄的清洁的光，像蝉翼一样微微颤动。柳条从容地低垂着，彼此之间不纠缠，不粘着，不相欠，一派柳细风清，令人内心通透，了无杂尘。"

他的文字，总是让我读下去还想读下去的冲动。除了优美洗练，也带着童稚的香草味，充盈着田园风光和泥土的气息。忧郁沉重如他静思寡言的外表，诗意浪漫的鸟语花香，该是他内心深处的灵魂吧？读着读着，那些撞击心灵的句子，让你忍不住提笔画上波浪线，当线条与文字相逢时，分明看到，字的海洋翻飞着浪花，那些浪花泛起的，是读者思想里的雀跃或无限的忧伤……"我本能地抵制那些宏大的壮观的事物，在它们面前，我茫然、惶惑、无所适从，像漂在水面的油，无法沉浸、溶解。""一个内心过于专注，有些自闭的落寞文人，一个和众生喧哗的时代构成紧张关系，执意构建内心格局的倔强书生。这样一个写作者，是当下的我，还是遥远的我？""写作就是精神还乡，寻找最初的栖息地。是支撑内心的一种方式。""坚持文学事业是一种诗性工作，努力用文字使生活洁净起来"……

学刚是语文教师。《我在乡下教书》《缓缓打开教科书》等篇什，用文字传递一份穿越时空的灵动与对话，用诗意的分析，让文字达到人和故事的完美，让一段历史或一个历史人物，以别样的诗情画意出现在读者眼前："小站旁边，卧着一所乡村中学和我最初的一些岁月，校门旁边，是一个耳朵似的小屋。我随便截取一段蛙声，就可以装进信封，寄到千里之外的都市发表。""浣花溪畔，有花便是韵脚，有水定在吟咏。""我想，大雪山是一个连词，连接着延安的小米和天安门的红旗。就这样，红军这个动词，绝云气，负苍天，然后会师胜利。红军的宾语是新中国……明天的讲台上，那粉笔碎屑，定是一些些漫卷的雪花，从六个方向擦洗着眼睛，在这样的语境里，我和我的学生开始翻越——大雪山"……

读完《煎饼的味道》一文时，才懂得，这煎饼里有儿子对母亲的爱与怀想，有母亲坐下来手摊煎饼时的身影，有儿子想娘的味道："两摞煎饼，白天摊在堂屋里，夜晚晾在石磨上，煎饼越翻越薄，日子越积越厚，许多年就这样过去了。""有了炊烟，房屋不是房屋，是家。粮食的粗细其实就是日子的枯荣，一把大豆，就把粮食们结合成了煎饼，大若茶盘，薄如蝉翼，闻着吃着，都是无边无际的舒坦。""我的母亲，现在和太阳月亮们生活在了天上，我再也吃不上母亲摊的煎饼了。这样写着的时候，我的脸上，已经流出三尺长的涎水，或者泪水。"

太多太多如是的文字，让人读而回味。文字的灵动和优美，与外观上有些许书呆气的本人成了极大的反差，中间连接的，是"可贵"二字。一如他的文字中有这样的句子："一个人为了守护内心的清澈而写作，他的行为是迂腐的……""《清澈》是这样一本书，它用成人的笔，表达的是孩子般纯净的心"。

在这样一个浮华而功利的时代，做到的能有几人？那么，做到了孩子般纯净的心，生活中迂腐一点又算什么呢？

学刚的网名"仰望或者倾听"，当是他为人为文的姿态吧。

羞于见方方

与方方老师是有缘的。

最初见方方老师当然是在文字里。然后在2000年的夏天,在美丽的九宫山,一个热情的文学青年终于拜访到了参加笔会的她,为她讲我读她小说时的感动;然后挤在人堆里,靠近摄影机,在"泉崖喷雪"的山崖边上听电视人对她的采访,甚至跳着插进人群中去与她合影。这一切,缘于方方老师那张热情的笑脸,给了我无畏的勇气。记得当时还用生涩的笔写下了关于她的文字。

再见方方是2001年的夏天,她带女儿来九宫山度假,自己开着车,路过通山时电话联系了我,我陪她上九宫山。这时的我,仍是一个满腔热爱着文学、肤浅得忙于记录生活的我,仍然在人群里跳来跳去地陪老师爬山看景。

2003年,在武汉,再一次与方方老师见面了。老师开着车接我到餐馆吃饭,当时有湖北美术出版社的责任编辑袁飞老师,正是方方老师的牵引,我与袁飞老师和湖北美术出版社结下了一段段书缘。记得那天华灯初上，冬雨淅沥，点好菜的方方老师突然想起了什么，于是又开车出去，不一会转回来时，送我一条精美的丝巾，原来她回家为我拿礼物去了。她热情而亲和，让有些大大咧咧的我体会到了一种别样的温情，始终让我对她没有那种"大作家"的距离感。是她的笑容，她的热情，她的谦逊，让我无比自卑与渺小。

从2000年到2010年，这十年的时间里，前五年，我几乎年年见她一面。那又是从什么时候开始，我羞于见方方老师了呢？

记得2006年，通山文坛因"通山不需要作家"一帖，在论坛掀起轩然大波，导致口水战、攻击战、保卫战，烽烟四起，把一个小小的通山文坛搅得风生水起，当时十分幼稚的我，也在论坛跟帖回帖，乐此不疲。后来南鄂晚报"特别关注"版抓住这一新闻点大做文章，以一种引导的方式，在晚报开辟"通山文学现象大家谈"专栏，辐射各县市乃至武汉的作者都踊跃参与写稿，很快连续刊载几十篇之多。当时我正兼职晚报的副刊编辑，不但写下了以阐述文字给我带来快乐的《天使般的快乐》一文，同时与负责该版面的责编刘会文，分管的副总编辑向东宁一起，到武汉邀作家刘富道老师，请他就这一专栏发表自己的看法。刘老师欣然提笔，以《小地方有高人》为题，对通山文学的热情和纷争给予了高度评价，他的文章，以推波助澜的作用，让通山人，乃至咸宁人看到，一个地方文化的重要性。同时呼唤，一个地方不但需要作家，而且要力争出好作品好作家。

是这一次纷争，让我懂得了许多，看到了许多，同时成熟了许多。后来有老师送我几个字：有容乃大，沉下去！也是这一次，让我更加看到自己的渺小，自己不值一提的小爱好，更加深切地体会到了自己文字的肤浅，同时深深感知，文学这条路的不容易和多面性。

记得那一次纷争，有一位作者在一篇文章以"屁颠"为词，说到小圈子内小文人追大文人的现象。喜欢追随的我，对这一词十分敏感，在一次饭桌上说起时，他竟说不排除指的是我，当时的我十分生气和恼恨，直到恩师李云石先生说：我从小就是因为大哥爱好文学，我屁颠在他的背后也爱上了文学；后来，我仰慕一些大师们的作品，我又屁颠在他们的文字之后；就是古人留下来的财富，我们世代不也是屁颠着。跟着文学屁颠有什么不好？人与人不同，所以屁颠的对象也不一样罢了，孩子们屁颠歌星，小人物屁颠大人物，小作者屁颠大文人，有什么不好呢！

老师一番看似玩笑的话却深藏着抚慰和宽容，虽然说得许多人都笑了，可我笑得有一丝牵强。虽然那一刻我想到了"近朱者赤"的同理，可这不轻不重的"屁颠"一词，真的让我"伤自尊"了，在我敏感的心灵烙下了一个"小伤伤"。以后每有什么活动，总有一些意恐迟迟之感，可当人给我一分热情和笑脸时，那意恐迟迟瞬息又抛去云霄外。我陶醉在自己喜爱文字的天地里，同时，我也越来越觉得难有底气见"大家"了，包括方方老师在内。

这些年，我淡了与方方老师的交往，就连她的博客，也不敢登录，而是悄悄地去读。因为我深深懂得，在文学这一神圣领域里，是需要拿好作品说话的，没有好作品，你更难坦然去面对关心你的人。更何况，这时的方方老师已是湖北省作协主席了，而且好作品一部一部地接着出来。大作家的光芒，让我所有"屁颠"的勇气消失殆尽，让我所有的"豪情"收敛如许。

2008年，一次偶然的触动，我开始在博客里写"禅意·火花"系列随笔，只有一个想法，那就是努力让自己从单纯稚嫩的记录中走出来，以修炼的方式，去克服自己的不足和缺点。告诉自己，哪怕我不能与他人相比，可我要与自己的过去比，让自己一天一天地进步，哪怕只一点点。因为，我懂得，写到今天，你已不仅是一个单纯的个体，你也有了你所面对的不同的读者群。这些读者带给我深深的感动和恩情，所以几次以《读者之恩》为题而写下不同的文字。

本月12日应通城三所学校之邀前往通城。同学们的期待，老师们的等待，那一份超出我想象的礼遇，让我惭愧让我感恩，同时让我深深懂得，他们于我，一如我对不同作家的看重与崇拜有相似之处，我们都对文化心怀渴望与敬重，都在自我人生路上努力追求与修正。2005年到今年，有两次通城之行。是在通城的那一天，让我豁然看到，这份追随的美好，这份向善的可贵。

我再一次告诉自己，只要是好的，是善的，哪怕有大与小的区别，哪怕有成功与无闻之分，一样担当着一份社会不同的责任。

真好，在我释然开朗的时候，在油菜花开春光笑的日子里，湖北省作协组织"百名作家看咸宁"活动来到了通山，这天，在湖北乃至全国赫赫有名的大家们，齐聚通山"隐水洞"，我随县作协的同人一起，在隐水洞的门口恭候他们的到来。人群里，一张张熟悉的面孔在阳光下灿烂着，他们，是一群用手中的笔让自己高贵起来的不同群体；他们，是一群有个性有社会责任感的民族脊梁。人群里有刘醒龙、田禾、刘益善、董宏猷、姚鄂梅、阿毛、杨弃、高晓晖……这些名字，在所有的汉字里以一种修炼的功力脱颖而出，让人高山仰止。远远地，我在寻找，找寻我熟悉的那张笑脸——方方老师。可是她没有出现在人群里，有人告诉我，她去了汀泗桥。阳光下的我，分明感到了自己那一股子勇气在弥散的阳光下落寞开来……

隐水洞五千多米的行程中，在众脚步的回音里，在洞内行船的水滴处，董宏猷老师的歌声悠扬回旋。小火车轰隆隆行驶穿洞时，客人们笑逐颜开地赞赏洞内的神奇。笑声里，我的心，一丝惆怅萦绕，我告诉自己，今天一定要见方方老师。这一见，是自己跳出那个"小伤伤"的时候；这一见，是给自己每一次进步的鼓励。是的，我要再次见方方老师，从初相识到今天，整整十年了，我从来不曾气馁过，虽然一个人的能力有大小，只要是在努力中进步，当是值得赞许和认可的。虽然，这些想法，放在心里，无人知道。

咸宁温泉谷的大厅内，我们等来了刚刚在咸宁学院做完讲座的方方老师，她对意外看到我十分高兴，并伸手在我的脸蛋上轻拂一下说："你怎么还是这个样子没变啊，要向你学习哦！"一旁的高晓晖老师看着我们，十分儒雅地笑了，雪雁鸣更是不停地"咔嚓"着他手中的相机，短短几分钟的交谈，方方老师以她一以贯之的笑容和热情，消融了我心中的"小伤伤"。我知道，在我自己的起跑线上坚持跑下去，那就是我向方方老师做最好的汇报……

自由行走的花

一晃，二十年的光阴过去了，三毛已离开我们二十年。而三毛的灵魂，以文字的方式，在人间，永恒在了爱三毛的读者心中。

读三毛，是青涩寂寞的青春岁月，是三毛的文字破解了"少年不识愁滋味"，是三毛的文字，把如花的少女，带进一个奇异又遥远的世界。从此，在心中埋下了梦的种子，毕生为这个梦能开出花来而前行、而努力。

《哭泣的骆驼》带来的惊骇，撒哈拉的神奇，异域风情中有着邪灵、诡秘般的巫术。《我的宝贝》《温柔的夜》，读着让人感叹的同时，懂得了，生活原来在点滴之间美好而浪漫着，只要你用心去捕捉。同时，三毛的善良，三毛的生活方式，三毛观察别人的生活方式，活灵活现……这一切，皆在三毛的笔下生花，缤纷着那个初长成的我。以文字的诱惑，一股脑地冲击着改革开放初期，我们通过文字看到不同世界的精彩。

三毛与荷西的爱情故事，令许多人沉醉和向往。荷西比三毛小六岁，当年荷西在马德里追求三毛的时候，三毛说等你长大再说吧。没想到一句随口的话，荷西当作了承诺，六年后，蓄了络腮胡的荷西再次出现在三毛面前时，惊鸿的爱情，从此生根发芽，并开出爱之花来。

仍然是六年。三毛与荷西仅有六年的婚姻生活，因一场潜水工作的过度，荷西永远离开了心爱的妻子。六年的生活生动地出现在不同文字里，包括沙漠里的中国饭店，包括因为怕爱来不及而不要孩子，包括接待来自台湾地区的父母，荷西学会用中文叫"爸爸"，包括三毛与荷西的母亲、妹妹的接触所体会的中西方亲情的迥异……《梦里花落知多少》《背影》，记载了荷西离世，世事变故，三毛生活的改变，让我们在文字与世俗之间徘徊与追问，隔着红尘与时空，那个叫三毛的女子，如此真切地疼痛着如我一样的无数个善感的心灵。

三毛并不太长的一生里，包括大陆在内，一共走了69个国家。《万水千山走遍》等篇幅里，有她踏遍世界各地的印痕，同时伴着深深的孤独与寂寞，那些没有荷西相伴的日子，灵魂是孤苦和飘荡的，千山万水也让她无法释怀。于是，在1991年的春天，她把自己疲惫的肉身，交给了一条丝袜来了断。这之前，她的小说《滚滚红尘》已拍摄成电影，再一次红遍大江南北。而她，这个叫三毛的女子，这个有些另类的女子，她的离去，再一次疼痛着无数颗爱她的心灵！

拥有三毛的书多个版本，多少年过去了，只要有关她的书，无论是机场还是地摊，一定要购买。可不读三毛已多年，虽然她永远活在我心中。书柜太大，三毛的书皆因读过而放在高处。爬上高处，随手抽出一本，随手翻开，看到打了波浪线的句子："繁华依然引人，红尘十丈，茫茫然的人世，竟还是自己的来处。"

我常想，她是一朵自由行走的花，行走于尘世与天地间，行走于梦里梦外。可是，她更像是蒲公英——无法停留地爱着，然后，让文字，化作花瓣雨，在人间，飘散……

抬手画莲

上午打开博客,有一位"朱老总"博主在我的《关于〈中国红〉的书简》一文里跟帖:

霞霞你好:今天才从网上和你说几句话,觉得很有意思!

我不会忘记那个冬天,在你的书屋里温馨会面,意外得到6本精美的唐诗、宋词、元曲……我一直珍藏着她们——就好似你的清丽。

我记着那个雪花纷纷的日子,我们一起乘坐"麻木"去渗坑村,我采访你"翻译"的经历;记着我们那晚满街寻找吴思红妻儿的情景;对了,还有你请我吃了甜甜香香的"红薯包坨",你早几年寄来的《中国红》也在手边,一口气读了——不像富道是"两口气读完"。真高兴和你取得联系!我于2003年退休后在一所大学新闻系教学,为学生上课时,经常讲到硕士村支书的故事,经常讲到那位为我当翻译的女作家呢。我有机会一定会去通山谢你!你来武汉也希望会会面!

我和富道先生住"两隔壁",他在文联,我在报社。以后有机会到作协,也请告诉我,让我当面谢谢你!顺祝撰安!!

我惊喜地看到，一张熟悉的面孔。我明白武汉的长辈对晚辈对孩子亲切称呼时，喜欢把名字中的一个字重复起来叫。这位"朱老总"，这位长得颇有几分朱老总风采，真名叫朱学诗的长辈，让我想起十多年前的一次偶遇。

从来都是脑子一闪马上行动的那种不知"深思熟虑"为何物之人，十多年前，因为喜欢站在书海里徜徉的惬意，索性开了一间"倪氏书吧"。书吧还真让我开成了当年小城的一道风景，令许多爱书之人流连忘返。

朱老总就是在嗅到书香时无意中走进书吧的。那是一个寒冬欲雪的傍晚，饭后，我到书吧边烤火边读书，这时，进来了一位与朱老总有着传神相似的长者，他对书吧大加赞赏。于是我们聊了起来，得知他是湖北日报社的主任记者，独自来回访湖北日报曾经报道过的硕士村支书吴思红，他说不想麻烦当地的宣传部门，决定独自去乡镇采访。看到天要下雪的样子，于是我自告奋勇地说明天为他当向导和翻译。

当晚下了一场大雪，次日，我陪朱老总坐班车到镇里，然后坐"麻木"到村里，在田头、在地间、在村民暖融融的火炉旁，进行不同对象的采访。这时候的硕士村支书吴思红早已调到浙江省委党校去了。采访回家时，我开始叫朱老师朱伯伯了。并和我家人请朱伯伯吃晚饭，特意点了通山特产"包坨"。饭后，我通过熟人寻问，陪他在城里找到了硕士村支书吴思红的爱人，通过她得到吴思红的电话，与远在浙江的他通上了电话。至此，朱伯伯的采访才算圆满结束。事后我写了一篇随笔《偶遇老记者》，并发表在通山报和咸宁日报里。

十多年过去了，我们再也没有见过面。2003年我的散文集《中国红》出版时给他寄去过。多年来，虽然没有联络，但朱伯伯的敬业精神一直在心里影响着我，让我铭记。书吧不开已多年，曾经的"倪氏书吧"随着书香留在了一部分读书人的心里。

没想到通过网络，通过博客，已退休多年的朱伯伯再次与我联系上了，还那么真诚地记得这一切，那么客气地说要来通山当面谢我。一个长辈，一个为新闻工作做了一辈子贡献的老记者，我的一次偶尔相伴又算得了什么呢？相伴的过程中，我是受了益，解了惑，得了老师授业的，应该感激的是我啊。

前两天，趁阳光好整理书柜晒书，翻到我学生时代的几幅画作。年少的我对画画和读小说痴迷得很，特别是读卫校的那几年，上病理课我就在桌下偷偷读小说，上解剖课我就在桌面上不停地画画，对学医的枯燥了无生趣，一心做梦。却又迷茫着不知将来的自己，到底能做什么。

当1987年的几幅画再次呈现在眼前时，些许感动在心头，恨自己为什么就没有坚持画下来呢。用手尖轻轻触摸"莲的心事"那幅画，突然想到，这些年，虽然没画了，却一直坚持着对文字的执着。更有趣的是，平常，当我什么都不想做，特别是开无趣的会议时，不经意间，我会提笔随手画莲花，没有笔时，我用指尖在桌上画，在灰尘上画。原来，是画莲的心事啊。

莲，应该是让心在尘世的浮华中更洁净；莲，是开在心中的美好与向往。那么，当你在人生中抬手画莲时，也就是提醒自己随手做好事，做力所能及的事吧。一如我陪伴从不相识的朱伯伯在雪天下乡采访一样，那是老天恩赐我遇高人啊！

人生路上，当你抬手画莲时，不经意间，美丽的花朵，已然掉落在自己的肩上了……

熟识的陌生人

一直走路上下班，今日却有了乘公交车的心情。上得车来，遇熟识面孔，相互问候。坐定时，那朋友问：最近可写大作？笑答：大作没有，小作没断。朋友又道：《中国红》《一路走来》后再出书没有？我说有《不争》和《禅意·火花》。朋友有些许惊喜地问：《禅意·火花》结集子了？他的问话，让我十分诧异地反问：你怎么知道我写《禅意·火花》？朋友笑道：我一直看你的博客，还知道你最近在写《守望木棉花》的长篇小说。看着这位我叫不出名字的朋友，霎时，一股暖流涌上心头。

公交车上的一问一答，瞬间把时光拉回到二十多年前。

那是1988年的冬天，我还是个未有涉世的卫校在读生，在医院实习。实习的护士总是在量体温、测血压、问病史中穿梭于病房内外。有一天外科病房来了一个需要做手术的老人，在做着同样相关的术前工作时，陪伴老人的儿子引起了我的注意。那人颀长的身材，让我想到常常迷在小说中对某个人物的用词"玉树临风"，约二十多岁，白皙的皮肤，英俊的脸庞，衣着干干净净，说话的时候，略带几许矜持几份儒雅，笑的时候好像还有酒窝。守护病人时，除了照料各种事务，闲下来，手里总是捧着一本书在看。

记得老人手术的第二天，老师让我去病房问病人通气了没有，医学术语为"通气"，我去问的时候，却只能用俗语问"打屁了没有"。来到病房，看到那年长不了我多少陪护老人的儿子，我羞于出口，问了一些其他的情况便又出来了。但老师交的任务必须完成，于是站在病房门口犹豫，想起要问别人"打屁了没有"我就好笑，这一笑，竟笑得好半天止不住，站在门口偷偷傻笑了好一会才让自己镇静下来，再次推门询问，然后红着脸快速出来。到办公室给老师交任务时还是忍不住在笑。

后来的岁月里，工作、恋爱、结婚、为人妻为人母。忙碌着一份平常人的生活。"临床"护士也只干了几年，工作有了不同的变动，可那次实习时的尴尬和少女时的羞涩，至今也不曾忘记过，包括那位老人的儿子。小城不大，偶尔会遇到当年那位"玉树临风"，也只是点头、微笑，然后匆匆而过。

这么多年过去了，我们彼此只是熟识的陌生人。因为，到目前为止，我仍然不知道他姓什么叫什么。没想到的是，他竟然成了我背后的读者。他几乎熟知我所有的文字，令我感动满怀，让我想送书给他，想知道他姓什么叫什么，想真诚地唤他一声"大哥"。

他的样子，几乎没变。只是比二十多年前成熟了许多，依然是干净的穿着，风衣于身上，依然是玉树临风的姿态，说话的样子，依然带着矜持和儒雅；虽然白皙的脸庞有了不经意的沧桑，那是岁月过往留下的历练。

下公共汽车告别的时候，有雨点洒过。这个冬天，一直不冷，一直是暖如春日。抬头望悠悠的天空，仿佛，看到白驹过隙的印痕。那印痕，该是人间的美好记忆，以及人与人之间无须记起又不会忘记的真情……

买本书送母亲

> 爱越分越多，爱是银行，不怕花钱，就怕不存钱。
>
> ——倪萍《姥姥语录》

候机的时候，喜欢逛机场内的书店。那天在沈阳桃仙机场，同伴们在打扑克，我依然逛书店。倪萍的《姥姥语录》在书丛中十分抢眼，早知道她出了这本书，并在《读者》里读到过某篇。拿在手上随意翻阅，质朴的语言让人亲切，令人惊喜的是，书中所有插图都是倪萍自己的画作，刹那的意愿竟是：买下来送给母亲！

家里藏书不少，每到一地总要购买一些心仪的书，可从来没想过要为母亲买本书。母亲虽然只读过两年私塾，可母亲从来没有中断过学习，在药房工作几十年，学算盘、学中药，甚至普通的拉丁医药名词。从前在我的意识里，母亲是不读"闲书"的，一切学习因生存的需要。记得多年前倪萍出《日子》的时候，有一次我到母亲上班的门诊，只见母亲戴着眼镜手捧一本盗版的《日子》用心在读，说是找同事借的。我惊讶地说：不知道你要读，我有啊，图片比这清晰多了。母亲与我探讨，觉得倪萍挺不容易的，还知道了倪萍本姓刘，倪是随她母亲姓的。

那些年，倪萍鲜活在荧屏，通过"综艺大观"走进千家万户，因为同是倪姓，我们全家对她倍感亲切和喜爱，同时我也沾着她的光，只要别人问姓时，再也不怕把我写成"尼"或"宜"了，只需说"倪萍的倪"即可。

书送给母亲之前，我必须"抢"着读完。两个多小时的飞机，一直在读。一个鲜活、风趣、睿智、善良、豁达、坚毅的姥姥在眼前闪现。活到99岁的姥姥，一生在自己的人生哲学里用三寸小脚坦荡前行，用弱小的肩膀担风雨扛责任，用宽阔的胸怀温暖子孙后辈及亲朋好友。从姥姥身上，我看到了中国女性的韧性，也看到了我母亲的身影。她既是姥姥，同时也是中国人群中千千万万个母亲的缩影。

母亲退休后的日子不用为生计而学习了，这些年她除了读她练功的书，读《读者》，最乐的是读她女儿的书。我是一个平凡之人，写字出书也只为博得老父老母的开心。我有一个了不起的母亲，是母亲的言行影响着我教育着我前行，是她的乐善好施、吃苦耐劳、顾大体感染着我做人。

记得哥哥曾经说过我这样一句话："你和妈妈是不同的，妈妈只知道顾全大局，不知道顾自己，而你是能顾大局，同时也懂得顾自己。"我笑说，那当然，时代不一样了，如果我还像妈妈那样只顾大局不顾自己，那不亏大了。这样回答哥哥的话，我知道，我不可能做到母亲那样，宽大得只要所有人都好了，自己吃尽苦也是乐的，包括亲朋好友。

在我许多文字里，不经意间总会有母亲的话语，一如倪萍《姥姥语录》一样，那些最实在又富于生活哲理的语言，如一盏灯，照耀着我走过不同时期不同的路，从容面对生活的不如意，解决人生的困惑与烦忧。

一个人的一生，母亲是第一位老师，母亲的言传身教起到不可替代的作用，长久地影响着一个人的漫漫人生路。西部大开发时，有一项工程是援助西部女童的教育，甚至有哲人呼吁"教育一个男孩只是教育了一个人，教育一个女孩是教育一代人。"稍翻经典和历史，哪一位成功名人的背后没有一位了不起的母亲！

当我写这篇短文时，突然想起明天是农历六月十五，是母亲66岁的生日。倪萍写《姥姥语录》，字里行间是感恩，是对姥姥的怀念。我送母亲《姥姥语录》，是感恩，是祝福，更是警醒和自勉……

当阅读已成习惯

床头日记本里的某一天,记有这样一段话:今天早晨的"卫生间阅读",让我记住了一个叫"潘玉良"的女画家,以及她悲怆的身世和坎坷的一生,十分感动。

15岁开始记日记,已成为生活中的习惯。阅读,是从"小人书"开始的,应该比记日记更早,它不但是一种习惯,已然是生命中的一部分。从少女时代起,一直是《读者》的忠实读者。随着年龄的增长和阅读层次的加深,《读者》从最初的床前阅读转换成了家里的"卫生间文化"和"沙发文化",信手拈来便是一个故事和一份感悟。

少女时期读唐诗宋词,读杂志读三毛。少妇时期以小说为主,读得多的是巴金、老舍、冰心、茅盾……30岁以后读左拉,读张承志,读钱钟书,读梁实秋,读辜鸿铭,读卡夫卡,读陕西作家群,读湖北作家大军……进入不惑时,更加喜欢一些淡定又富含哲理的书,同时爱上了佛教文化的阅读,《西藏生死书》《心灵神医》这两本是值得终生阅读的好书。特别适合睡前阅读!

一路走来，一路读来，好书太多，多得让你只觉得时间不够。写过不少关于阅读感悟的文字，有一篇《书香一路》中有这样一段话：一路走来，读的书更多了，包括古今中外不同的名家名著都有所涉猎。虽然只是粗略地读，可开阔了我的视野，见识了不同的朝代，看到了不同人物的命运……在一篇《那些让我感动的文字和流泪的故事》里，我写道：感动的文字太多，流泪的故事不少。世上的好书太多，一个人，一生要读多少书，还要看读者与作者的缘分。

　　有几本杂志订了许多年：《散文》《小说月报》《读者》。他们，永远与时代的脉搏一起跳动，你不能不读。

　　于我，天天该是读书日。一天不读书，我的心灵就会荒芜，我的思想就会呆滞；一天不读书，我的生活就会无味，我的精神便没了寄托！在读的过程中，不同时代的故事和不同人物的命运，让我懂得为人不易，生存不易，做个勇往直前的好人更不易。

　　喜欢几句话：一个不读书的民族，是没有希望的民族……桌上书堆便是富，樽中酒满不为贫……再清寒的读书人，阻挡不了言谈中的书香……

　　我陶醉在文字带来的快乐里。没有空虚来扰，没有无聊来袭。我充实在文字的海洋里，唯恐渺小不及，唯恐努力不够。因为读与写，内心深处的坚强，如磐石，坚不可摧。同时滋养着我，使我柔软多情、善良真诚、温存美好。让我懂得去爱，去付出；懂得谦和进取，懂得不争又努力。

　　没有什么能够阻挡我快乐地生活下去，而文字，恰恰是架起我通向快乐的桥梁；没有什么能够阻挡我对读与写的爱，这爱，正是为之不竭的源泉……有了读与写，阳光灿烂，和风细雨。哪怕严寒酷暑，她带来的也是温暖与沁凉。读与写，让我知道责任的美好、道义的重要。让我懂得珍爱每一件物的渺小，每一份情的珍贵，每一份日月的静好。

　　当阅读已成习惯，它已是我心灵的需要，是生命存在着的无限理由……

第四辑　行走的歌

有多少日子走天涯

一个人想走多远，决定着一个人的胸怀、志向与追求；而能走多远，得由环境、实力、机遇等多重合力决定。当然，一个人的行走，不仅包含地理空间的距离，还应该包括思想灵魂的远近。

——曾纪鑫

2001年初夏，在一个大雨如注的日子，背起行囊留下字条，踏上了独行西部的行程，开始了我浪迹天涯的梦中之旅。这个梦，通过阅读，在我心中蕴藏若许年，只因生活的琐碎而姗姗来迟。

卫校毕业那年，我扛起背包，打算去远方一边找工作一边游历，没想到考完试的第三天，便让父亲拽去上了班。那时没有打工一说，如果有，我一定做打工大军中的一员。

从上班到结婚到生孩子，从一个无忧无虑的少女到为人妻为人母，我忙碌于生活中所有属于我的一切，不管你愿不愿意，不管你是幸福还是委屈，恍若一梦十多年。当我从琐碎中抬起头来，孩子大了，家也有了不同的收获，可却发现自己有些无助与失落，虽然也有一些文字如花瓣散落，可总是有一个声音在心灵深处召唤我。我迷茫困惑心有不甘，除了工作生活和对文字的爱，在许多方面我是一个十分笨拙之人，我告诉自己，必须有自己的精神空间。

　　西部之行十天整，我尝到了孤独寂寞和劳累，同时也收获着平日里体会不到的愉悦与满足。黄河的壮阔戈壁的荒凉敦煌的梦，西域风情深深地触动着我的思绪与灵魂，开阔了我的视野，我带回西域采风系列文字，在当时的通山报连载，引起小城轰动。至此，我才更加安静地投入到我的生活中。

　　十多年来，每年至少要出行一到两次。在走南闯北中边走边看边记录，在行走中收获着文字的快乐，在行走中剔除生活中的烦恼与失落，在行走中结善缘广交四方朋友。这些年，我把行走的印痕与我的其他文字一起结集成册，并在博客中记录。这一切，常常让人惊疑，你好像成天在外边跑啊！？

　　是啊，作为一个家庭主妇，我怎么可以成天在外跑呢？我必须盘点一下，到底有多少日子走天涯。当我稍微盘算近几年的行走足迹时，我释然了！包括开会和公差，外出的日子约一个月。也就是说，一年十二个月中有一个月人在天涯，对于一个旅游开发的新时代，这点日子真的不为过。

　　现代社会可供人们娱乐的东西太多，在各取所需中，我唯爱读与写和行走。多数日子我在主妇角色的生活中，周而复始着我上班下班做饭炒菜的日子，一如工作生活之余，人们打打牌玩玩麻将唱歌跳舞无异，无论怎样的娱乐，只要是适当和带来快乐的，就是可取的。我既是安静的，同时我也长有"反骨"；我受着传统的教育，可我又总是踩着时代的鼓点前行；我能做一手香喷喷的饭菜让家人享受人间美食，同时绝不放弃挥洒执笔的快乐；努力付出的同时，我也享受生活。

现代女性难为,以"上得厅堂,下得厨房"为标准,说明仅只是传统意义上的贤妻良母已经远远不够了。在以家人孩子为中心做好家庭主妇的同时,女性一定要拥有自己的精神空间,当这份精神空间如根植入灵魂时,你不再是弱者,面对生活未可知的打击时,你一定不会措手不及。

人生路上有风雨晴空,如果可以,你准备好了吗?从主妇的时间里抽出一点点,我们一起走天涯……

2011 年 7 月 1 日于凤池山下

泰山无语

到泰山脚下的泰安城时,阳光微灼,自语:希望明天能下雨。同行的朋友忙回头反对:要登泰山呢,下雨多有不便。笑笑,以为,只是说说而已。

翌日,忽闻雨声淅沥,恰似梦中。赤脚下床,拉开落地窗帘,天已明,只见雨雾茫茫,冷风飘飘。难道,我的心语,老天听到了?或者说泰山知道了?常常惊异于自己一个心愿让一句话的应验。"心生一念天地知"。故而,常不能自己想之所想,念之所念,生怕心生不洁之念,让老天知晓;生怕偶生阴郁之心,让老天窥视到,让那渴望又不能的诸多梦想,埋于心田。行走人世间,努力让自己心胸坦荡,常常得努力摁住那一点点不耻之贪欲,让爱而不能,让试探的手缩回来,欲言又止,无语凝噎,让"论心天下无完人"作为人的约束。

同行者讪笑:天随你愿,下雨啦!

知否知否?语让天知,心生惶恐。记得那年登黄山,意气风发,匆匆跨步,一路喧哗而上,竟狂语:"我来了,黄山,当我站在莲花峰上呼唤你的时候，我也征服了你。"如今想起，真是浅薄轻狂，不知天高地厚啊！一晃，10年了，黄山在远去，泰山在靠近。而我，在热闹的人群里，却感到了深深的孤独。告诫自己，轻轻地，缓缓地，不要轻言，不要碎语。那远处巍然的，是一个矗立于天地之间的老人和圣者。轻声问自己，他会以怎样的目光来看我，会用怎样的胸怀来接纳我这样一位语微言轻之人呢？

雨点轻击车窗，一辆辆尾随的大车小车，排成队，串成行，向着同一个方向——泰山而去。在人声喧哗里，在排队检票之间，因为不敢造次，小小的我，沉默再沉默，无语复无语，一步一向前。为了尊重自己内心深处的虔诚，决然徒步攀登。

轻轻地，稳稳地，一步步。虽然没有一步一匍匐，却是一颗朝圣的心。步于无数阶梯之上，行于湿漉漉的大地之中。偶尔停留拍照，借此环视四野。满山的绿树丛林之间，无数的石块石壁成了书法的摇篮，林立着不同人物的笔迹，串成对泰山敬仰的絮语。或豪情，或悠游；或壮志，或凌云；或千姿，或百态；或优雅，或奔放……当文化与山同在时，山已不是山，文化亦不仅只是文化了。千古以来，那么多帝王来泰山封禅，以泰山为坛，祈天赐福。泰山的魅力，泰山的庄严，泰山的灵魂，在无语沉默中与天地同在。

路边一处书写着"暂远红尘"的字，吸引着我停下脚步。红尘之中，风浪滚滚，身心俱疲之时，偶尔得以远离，暂避那红尘之苦，没有什么不好。难能可贵的是，真正意义上的远离，心的远离。立于红尘之中，做脱俗出尘之人，当是一种境界与追求吧？能做到，有几人？

一对攀登的老人，其中一位不知何因，吐了一地。是太累？是太急？是身体不堪攀登之负？不得而知。只见老人坐在阶梯上，面对吐下的秽物，不停地对他的同伴说，没事没事，歇一会儿就好了。心有不忍地看着两位老人，可我不得不继续向前。不一会儿，看到两位老人又跟上我们了。望着他们，无语的目光，心生关怀与敬意。

　　快了，南天门就在眼前。有人喊！喊着就在眼前，抬头望去，却遥遥隔天梯不可急及。风越来越大，吹起我身上红色的雨衣如旗帜飞扬，吹乱我短短不羁的碎发，吹得我双眼迷离心生荡漾。有欣慰在心间，毕竟，我在一步步靠近。站在"南天门"门前，云天之外，白雾缥缈，伸手可揽。飘飘欲仙，莫过如此吧？红尘之人，来自红尘中，踩着云雾，"街市"就在眼前了。飘于街市之中，想起了郭沫若《天上的街市》：

> 远远的街灯明了，
> 好像闪着无数的明星。
> 天上的明星现了，
> 好像点着无数的街灯。
> 我想那缥缈的空中，
> 定然有美丽的街市……

　　人言登泰山而小天下，我说登泰山而小自己啊。于仙界之中，难做神仙，却小如尘埃，有尘世人愿自己小到尘埃里开出花来。开出花来也只不过是一种期待中的未了情啊。瑟瑟在"未了轩"的廊沿下，有多少情未了，梦难圆。一声未了轩，湿了眼眸紧了心；在这离天最近的地方，一声未了轩，是为来生种下一个未了之心愿吗？人生，有多少不能，不可以，不向前。有多少情，只能，远远地，站在悬崖边，深情相望？

　　雨停了。站在泰山之巅，人声鼎沸，泰山无语。

远方更远

到达哈尔滨已是夜幕时分,让我想起八十年代以王刚说书为引的电视剧《夜幕下的哈尔滨》,那时候带给我的是一份抗日战争时期的紧张与神秘,从而产生对哈尔滨的向往。

入住宾馆还不到 10 点钟,同伴们走出宾馆想看一看夜色中的哈尔滨城。街头却十分安静,安静得如同一个沉寂的小镇,可我眼前的电子商务、麦当劳、文园等地,虽然关着门,从闪烁的灯光能断定白天的这里一定是闹市。在没有什么可逛的遗憾中,吹着哈尔滨夏日里特有的徐徐清风返回宾馆。

次日,无论是索菲亚教堂,还是中央大街;无论是果戈理大街还是斯大林公园,以及街上具有俄罗斯风格的各种建筑,不但没有了夜色中的沉静与小巧,更多的是热闹与大气;哪怕是一场俄罗斯风情晚会,各种歌曲与舞蹈,只要你不去臆想,那一定是美与艺术的结合,带来的是平静的享受。这座年轻的百年城市,因为与俄罗斯比邻,他每进一步,无处不印有俄罗斯人的痕迹与文化的浸润。

太阳岛，因为《太阳岛上》这首歌曲而早早地飘向祖国大地，名扬天下。它是新生时代的风景点，以太阳神为图腾，意寓人类对太阳的崇敬和追随。其实，到哈尔滨应该在冬天，唯有冰天雪地才能体现哈尔滨的内核与纯质。而我们偏偏在炎夏来了，好在聪明的哈尔滨人为夏天到来的客人保留了一方体验哈尔滨特色的去处，那就是太阳岛上的冰雪艺术馆，馆内凉气逼人，各种冰雕琳琅满目，一展冬日哈尔滨的风采，令人感叹流连。

在哈尔滨，留给我最多思索的是中央大街脚下的青砖，光洁而圆润，百年不损，任无数双脚随意踏来踩去。此街为俄罗斯人所修建，这些砖在当时每块价值一美元，这一美元可供当年中国人一家三口一个月的伙食费。想来真是为我们的祖先而心寒，内忧外患时期，多少同胞衣不蔽体、食不果腹。俄罗斯人花大钱修建中央街，是对积贫积弱的中国人、对富饶的黑土地怀有叵测之心的。

值得庆幸的是，文化没有国界与歧视。果戈理大街的果戈理就是见证。果戈理（1809年4月1日—1852年3月4日）俄罗斯作家。代表作《死魂灵》、《钦差大臣》等，与普希金是好朋友。《死魂灵》有二十多个译本，《钦差大臣》有十多个译本。鲁迅、瞿秋白等不但翻译过他的文字，而且对他的小说赞赏有加。他的作品反映了对社会的爱，充满了强烈的责任感和悲悯情怀；对沙皇奴隶制度的不满与指责，试图用作品改变和唤醒俄罗斯的命运与前程。他的幽默、讽刺、欢笑被称作是"笑中之泪"。

在中国哈尔滨街头，以异国作家果戈理命名的大街，有他的塑像立于街头，这不能不说是一种告慰，对作家的告慰，对所有热爱文字和崇敬文字人的告慰，甚至是一种激励，激励那些毕生为追求理想和人类光明的人。

哈尔滨也为我留下了遗憾。前往哈尔滨的火车上，北京的姚海天老师给我发来短信:"七月四日五日央视十频道播出父亲姚雪垠的专题片,晚上十点十分首播……"那天我们住的鑫城酒店竟然没有央视十频道,次日晚我们又在去往另一个城市的火车上,从而错过看姚老的专题片。姚老是通过文字和他的毕生追求而留在国人心中的大作家,因为创作《李自成》,三年五拜闯王陵,来到我们通山,为我们通山人留下了一笔可贵的人文财富。

一个人能走多远?肉身仅只几十年,可一种精神,一种责任与追求,通过文字,在这个世间已然永恒。一如果戈理,一如姚雪垠……

2011年7月17日于凤池山下

穿越呼伦贝尔草原

有多少日子渴望去大草原奔驰,它似一个梦蕴藏在我的梦想里,通过文字萦绕心间若许年。

到达海拉尔,然后乘车穿越呼伦贝尔草原。那绿的深处,绿的远处,绿的近处;深绿、浅绿、淡绿、丛丛片片之绿,在车窗外,飞驰掠过。闪烁的牛群,在绿之上点缀着一幅幅动态画景。那是美与宽阔的享受,是绿色与白云的穿越,是天与地之间的承载,承载着渺小的人类在大自然的怀抱里飞奔……穹庐旷野、牛羊闲适、白云悠悠,在天地间穿越再穿越……

海拉尔在蒙语的意思是野韭菜,因此而得名。曾经遍布河边的野韭菜帮草原人度过饥荒年月。呼伦贝尔因呼伦湖和贝尔湖而得名。呼伦是一位能歌善舞的姑娘,因降妖魔而化成湖。贝尔是草原上英俊善骑的小伙子,为了寻找心爱的人儿呼伦而化湖相依。呼伦与贝尔的爱情因爱而融入自然,名留千古,令世代蒙古人敬仰和爱戴。它与西藏纳木错湖的传说,有着异曲同工之美。

穿越草原，到达呼伦湖的时候，大雨如注。一阵一阵的雨夹着风，大点大点地撒落，下着一份人在天涯的心绪。导游却说："贵人出门雨水多。你们是贵人啊，这场雨贵如油，草原已有一个多月没下雨了，这场雨救了草原，救了草原上不少牲畜，秋天就会有丰厚的草供牛羊马做饲料了。"因为有了导游这样的话语，我们安心地等待在雨中。

坐在车上透过雨幕眺望远方的呼伦湖，只有白茫茫一片的壮阔与烟云。草原的雨，像过客，匆忙一阵，转身离去。雨歇太阳出，我们坐上白色的马车在呼伦湖那一片因干旱而呈现的草地上悠闲游逛，下车后通过站道靠近呼伦湖的水域。湖水在红旗飘扬中醒目着，远处水天一色，白云低垂，湖水宁静。它是中国高原四大淡水湖泊之一，终年滋养着草原的生灵。

穿越，穿越绿色片片，穿越天与地的胸怀，在旷野里奔驰，在白云悠悠的跟随中前行。一座座白色的蒙古包，一簇簇飘飞的经幡，在绿色之海中淡定而从容。游牧民族在水草深处千年万载，世代传承。骑上骏马的我，只有新鲜尝试与不同的体验，嘚嘚马蹄奔驰不出英雄的气概，小女子的胸襟与幼稚需要在这广袤无垠的草原里洗礼和涤荡。

是草原的胸怀造就了蒙古英雄成吉思汗的精神，是草原的气魄历练了英雄本色，是飞奔的骏马驮着英雄驰骋万里征服天下。征尘漫漫，惊鸿飞度，大雁落脚，根植大地……在海拉尔成吉思汗广场，高耸入云天的塑像，成吉思汗于骏马之上，广场侧角的群雄并肩，紧跟他们的英雄可汗踏遍疆场，这些雕像栩栩如生地再现了风云变幻的历史场景。

每到远方，总会想起郑愁予的那首诗：

我嗒嗒的马蹄
是美丽的错误，
我不是归人，

只是过客……

　　多少年来，乘着文字的翅膀梦飞天涯，穿越草原，可一旦到达曾经向往之地，才深深体会到自己的渺小与单薄，才知道自己的稚嫩与空茫。是文字让我穿越，穿越草原，飞过天空，留下我的足音……

　　为文字做一场梦吧，此生不愿醒来！

俄罗斯风情满洲里

穿越呼伦贝尔草原到达满洲里的时候，满眼俄罗斯风情扑面而来，进城时的城市标志"畅"，别具心裁地以大红色为畅想的怀抱，迎接四方来客，寓意只要来到满洲里，你会爽朗开怀不虚来过。满洲里与俄罗斯比邻，中东铁路和城内许多建筑都是当年俄罗斯人所建，城内居住了为数不少的俄罗斯人，城内的士司机几乎都能说上几句俄语。日久天长，处处是俄罗斯气息的满洲里，饱含是一种民俗和文化的浸润。

在中国国门边境处，遥望俄罗斯"后背加尔"小镇，在界碑前看俄罗斯的国门，那种比邻却有咫尺天涯不能跨越之感，在白云悠悠中千载万代。战争年代，这里是共产国际驿站，许多革命志士历尽艰苦从内地来到满洲里前往苏联开会学习，为传递革命火种和护送共产党人从这里安全走过，当地满洲里的爱国人士有为数不少的"信息员"，是他们的帮助使得如周恩来、邓颖超等重要中共领导人去苏维埃，那一段不同凡响的岁月，为满洲里，为后人，留下了永不褪色的红色记忆。

一直喜欢套娃的可爱和美丽，可一直不知道套娃竟是俄罗斯之物，更不知道套娃背后凄美的故事。俄罗斯的一位兄长,风雪中放羊时与妹妹失散,因为对妹妹的思念,根据妹妹的模样画妹妹的相,一年画一个,从小到大,一直画到妹妹十八岁,仍然没有盼回日思夜想的妹妹。从此,套娃成了哥哥心中永远的念想与珍藏,套娃也在世界各地流行开来,成了一件十分精致又充满深情的工艺品。

满洲里套娃广场,大大小小的建筑,照着套娃的外形而设计,在云低天阔的大地上,高高耸立起一道道美轮美奂的人物风景画,与天地接洽,在云翳缭绕中浑然天成,展现着异域风情,烘托着一种无与伦比的文化传承,因对亲人的守候,成为人世间的大美之作。

套娃的故事从俄罗斯传来,却遍布世界各地,感染又美化着这座北国边陲小城,万种风情,千般娇媚。小城内各式各样的建筑外观,一律以浓墨重彩装饰成童话一样的风格,如一个彩妆艳服的俄罗斯女郎,透着俄罗斯人的智慧与爱,这份爱与智慧从远古到今朝,实实在在、真真切切地鲜活在我眼前,让远道而来的我,流连忘返,爱而不能释怀。

雨来的时候,是夜幕时分。倾城而注,飘飘洒洒。雨幕轻笼着清新凉爽的满洲里,宁静安详是她的内涵,温婉妩媚是她的气质。雨停的时候,各式如彩色积木一样的建筑,在霓虹闪烁中光芒四射却不事张扬。扑在宾馆的窗台前望天空,望我远在中南的家乡,我知道,家乡武汉和通山正高温难耐。而此刻,我享受在不用空调的自然凉爽里,渴望着冰天雪地的日子里,对这个童话般的小城再一次造访与追问……

2011年7月6日于满洲里

羞羞答答见天池

在这个热浪滚滚，秋老虎发威，高温可达40度的日子里，太阳如火球高挂于天空。此刻，想起了远在长白山上的天池，天池的高，天池的冷，天池的羞羞答答，天池的不轻易示人。

"迷糊"的叫醒电话铃声中爬起床，在东北日出朦胧的晨曦中，向长白山前行。长白山山门前，如潮的人流中清醒过来，望山之巅，看天之高，感人之多。游览车舒缓于茂密的岳华林中穿越，清新干净，人声鼎沸。这茂密的林，这幽深的远，如若不是人来车往，一定会有畏怯，畏怯冷不丁在哪个丛中会有东北虎的呼啸。有了这人山人海之人气，山撼动，地回音，东北虎也吓得不知去了哪个旮旯洞里。此一刻，再也不敢渴望独自行走的寂寂然，再也不敢设想一个人于山野丛林之中豪迈。人对自然，有胆怯，有敬畏。

游览车行至山腰，换乘越野车向顶峰进发。山路陡峭，丛林隐去，眼前看到的山，由沙石堆积而成，沙石之中开着不知名的黄色山花，它让我想起沙漠之花。天空近了，云朵低得伸手可摘，阳光照在迂回的山路上，宛如飘飞的哈达。人与自然共同创造的美，虽然大气婉约，可不知对错。这美景，你只想揽入怀；这气魄，让你心胸开阔，悠远宁静。

走下越野车，风，扑面旋转而来，令人哆嗦。穿着租来的长棉袍，却挡不住这份与天相接的凉，夏日里长白山上的凉。远山一处未消融的雪于悬崖之中，似一块汉白玉石。边走边张望，太阳隐去，步行入山顶。一路随手可捡"碳"石，也就是经火山喷发焚烧后的石头，又称"浮"石，呈灰白色，浑身有烧过后的细细小孔，放在水中它是浮着的。

长白山，历史上也叫不咸山，即神山，神灵之山。前后于1597年、1668年、1702年历经三次火山喷发。山顶满目沧桑，无一草一木，那些火烧过的痕迹，随处可见。长白山还有一个美好的寓意"长相守、到白头"。长白山的人参、鹿茸、貂皮被称作东北三宝，享誉中外。

人们一路奔波不远千里赶赴长白山之巅，主要的目的是一睹高山天池。高高山上一天池，于悬崖峭壁之间围绕，而且终日于云雾之中难得一见。吉林市接待的朋友说过，天池一定要去，可想见天池很不容易，要运气，要福气，还要有缘分！很多人同时上山，有人会看到，可就是有人看不到，不信你们明天见分晓。朋友说完笑着祝我们好运。

这天池，在心中更加神秘起来。

山之巅，无数双眼，无数个翘望的身影向天池那一方凝眸出神，呆然祈盼，任风吹乱头发吹木双眼，那一方始终是云雾遮掩，安静得让人恨不能去撕开那层纱。无论你怎样急，她始终静如处子纹丝不动。等待得太久了，失望中，我们打算越过不断涌上来的人群离去，突然，一阵云雾在风中游移飘散，一丝阳光穿云而出，照射出了峡谷中水波盈盈的天池之水。刹那，人群沸腾了！叫喊声、尖戾声、赞叹声，大大小小相机的"咔嚓"声，不绝于耳，不亦乐乎。天池如一个羞答答少女，披着轻纱，款款而来。她的纱幔，她的裙角，她的笑靥，还有薄纱下的容颜。仅只一分钟，又是一阵云雾飘来，天池瞬间让轻纱遮盖，慢慢隐于浓雾之中……

看到了的人无不欢畅，没看到的人叹息不止。嘿嘿……真好，我看到了，拍到了，而且十分清晰，就在那珍贵的一分钟里，我用一生的等待，换来了与她无限美好的相见！

哦，天池，长白山天池！她是上天的造化，是大地的功德，是佛陀拈花一笑的意境与善美。她与天地长相守到白头，她是开在高高长白山之上，一朵不轻易示人的神秘之花……

2011年8月23日于凤池山下

注：题目中的"见"即"现"。

红尘一笑少林寺

去嵩山的路上,车内的我摇摇欲睡,一首男女对唱的歌曲深情地传来:

为何你眼中总是灯火阑珊,
那一片黑夜为谁星光点点。
给你的思念隔着一道天险,
每一次擦肩享受冷漠的热恋。
猜你的心是真诚还是谎言。
猜你的心是瞬间还是永远。
猜你的心是忘记还是怀恋……

刹那,歌声让欲睡的我彻底清醒了,脑子里蹦出"红尘一笑少林寺"的句子来。

少林寺名扬天下，少林寺的武功享誉全球。然而，少林寺最早让国人能够尽人皆知的，应该是那一部轰动一时，挤爆电影院的电影《少林寺》。少年的我，挤在人堆里看电影。留给我不可忘怀的，却是主人公最后剃度时，在佛堂前，方丈问："尽形寿，不杀生，汝今能持否？尽形寿，不偷盗，汝今能持否？"当问到"尽形寿，不淫欲，汝今能持否？"时，觉远回头看了一眼躲在红木柱后边的牧羊女，犹疑之间，仍是转过头，坚定地回答："能持！"

那一刻，可谓是，留恋处，凭栏处，一一抛向尘世外。空留那，伤心红颜，欲语泪先流……

日出嵩山，晨钟惊飞鸟；溪水潺潺，桃花满山坡；这美景，伴着悠扬的牧羊曲，觉远与牧羊女的相遇，荡漾了尘世中多少人的心事。在那样一个初闻"改革开放"的新时代，一部《少林寺》，如一股旋风，瞬间刮遍中国，乃至世界，掀起一股习武之热。同时，主人公情窦初开又止于佛门之外的爱情，为看客，留下遗憾与感叹……

走进少林寺，质朴与优雅，历代人文印痕，随处，以一种气息的方式，散发在这一处清静之地。千年古银杏，如一位富态的老祖宗，慈颜笑迎天下客。少林寺不同时期的故事，沉淀着一种从远古走来的厚重感。据说，历史可查的，就有多位皇帝来过这里，并留下过不同的诗句与墨宝。少林故事也是众说纷纭，流传甚广的是"十三棍僧救唐王"的故事，电影即以此改编。正是这些勇敢的棍僧们，让少林寺的武僧威震天下，流传千古。唐太宗李世民，因为十三武僧的搭救，避过贼臣的追杀，最终成就伟业。

达摩九年面壁苦练留影的故事，神光断壁映雪从佛的决心，僧人们练功时踏下的脚印……这一切，寺内不但能看得到，也有相关文字与壁画做记载。这些记载，穿越无以计数的光阴，定格在少林人的心中，成为一种精神。以匡扶正义，保卫少林为主旨；以习武行善名扬天下，让无数人景仰。少林寺鼎盛时期，有僧数千，无形中，做饭炒菜也成了一种不可不练之功夫。

嵩山市内，四处是武校，放眼就有武者的身影。它成了来自全国及世界各地学武人云集之圣地，真可谓"引无数英雄竞折腰"。与风卷残云之过往相比，红尘一笑的红颜，只不过是诸多往事里的一缕轻烟罢了。

站在记载有十三棍僧救唐王的石碑前，"世民"二字，仍清晰可见。这世上之人，过了一朝又一代，走了一波又一浪。面对天地万物，世事轮回，生命，又是何其短暂。那红尘一笑的爱情，岂能久长？

现实中，李连杰与丁岚，是《少林寺》的电影、是觉远与牧羊女，成就了他们一段美好又浪漫的姻缘。最终，滚滚红尘，爱情，仍敌不过时间的磨蚀而风散了。他们，在各自天涯的后半生里，还会有恩爱不能忘的时候吗？

面对千年少林的风风雨雨，金戈铁马，一如觉远，抛却世虑之时，又有多少红尘，悲苦一笑于寺门之外呢？……

2010年11月21日于凤池山下

驮碑的赑屃

少林寺内,导游的解说中,有两个故事让我刹那泪湿。一个是十三棍僧救唐王。一个是"驮碑赑屃(bìxì)"。

我们是在嵩山风景区管理人员的带领下,通过绿色通道进入少林寺的。这时的少林寺鲜有游客,寺内的清静,让导游的解说十分清晰和动情。初冬的朝阳,金黄色的千年银杏,温暖而惬意。一千五百年的古寺,幽静于历史的风云过往之中。

当我们随着导游走到一个龟形背上驮了一个巨大长方形石碑的石兽前,导游深情地说,此兽是龙王的第七个儿子,传说中,龙生九子不成龙,九子各不同。(这让我想起民间常说的:一娘生九子,九子九个样。)这七子叫赑屃。它有龙头和龟背及鹰爪,且力大无穷,十分憨厚,玉皇大帝委派它驮碑之重任。在它的身上,于是有了寓意人类为了完成艰巨任务而忍受暂时的屈辱的一个名词:"忍辱负重。"

听完故事,特别是听到憨厚与忍辱负重时,我突然泪湿莫名,并用手轻抚它的头和背,以及它身上重重的碑。继而蹲下来,用脸贴着它的脸,喃喃自语:"我可爱的兄弟,我憨厚的兄弟,我忍辱负重的兄弟。"我的举止和话语逗得同伴们都笑了。笑我痴笑我狂笑我与人不一样。可是,在我心里,在赑屃的憨态前,我看到的,仿佛是一个寡言、勤劳又不多言辞的人;是一个胸怀宽广,担责任肩道义的兄长。如此令我感怀又敬重!

回家后,脑子里常常回放我见赑屃时的情景。并在百度搜索到相关赑屃的资料,资料上有说是龙王的六子,也有说是长子,但有一些共同点是这样说的:

"赑屃,又名霸下,样子似龟,喜欢负重,碑下龟是也。相传上古时它常背起三山五岳来兴风作浪。后被夏禹收服,为夏禹立下不少汗马功劳。治水成功后,夏禹就把它的功绩,让它自己背起,故中国的石碑多由它背起。霸下和龟十分相似,但细看却有差异,霸下有一排牙齿,而龟类却没有,霸下和龟类在背甲上甲片的数目和形状也有差异。霸下又称石龟,是长寿和吉祥的象征。它总是吃力地向前昂着头,四只脚拼命地撑着,挣扎着向前走,但总是移不开步。"

这些解说,让我觉得它该是老大才对。它让我想起,人类里,众多兄弟姊妹中,许多当老大的,总是能吃亏能宽厚,能忍辱能负重。他们常常如赑屃一样,背着沉重的包袱而前行。

其实,赑屃还更像一个人的中年,上有老下有小,需要背着老小去努力去奋斗。同时,它还像一个遭遇不如意的人,哪怕负重再大,哪怕忍辱,也要坚定地走在人生路上,让抬头的风景,低头的负重,目送你走向茫然不可知的未来,抑或花团锦簇的等候……

2010年11月23日于凤池山下

鸡公山上黯然神伤的蒋介石

站在鸡公山蒋介石的行营里,导游的一句话,让四处观望的我怦然心动。她说:站在这里正好可以望见对面的"美龄舞厅",当年美龄舞厅常常有小舞会,舞会中有不同的政要和来自美国的记者,当宋美龄与不同人跳舞时,蒋介石会悄悄黯然落泪。瞬间,脑子里出现那个光着头,不可一世的蒋介石黯然伫立的身影。

鸡公山有关于蒋介石的历史记载,主要是1937年至1938年来往于此。1937年,蒋介石亲自指挥了武汉保卫战,也就是继1936年西安事变之后,国共合作时期,当年的鸡公山是属于湖北、河南两省共同管理之地。

武汉保卫战中,毛泽东给蒋介石写了长长的信:

先生指导全民族进行空前伟大的民族革命战争,凡我国人无不敬仰。15个月之抗战,愈挫愈奋,再接再厉,虽顽寇尚未戢其凶锋,然胜利之始基,业已奠定,前途之光明,希望无穷……同人认为此时期中之统一团结，比任何时期为重要。唯有各党各派及全国人民克尽最善之努力，在先生统一领导之下，严防与击破敌人之破坏阴谋，清洗国人之悲观情绪，提高民族觉悟及胜利信心，并施行新阶段中之必要的战时政策，方能达到停止敌人之进攻，准备我之反攻之目的。

从鸡公山回家许多日子了，尘世忙碌，琐事纷扰。平淡生活里，常常让我想起，蒋介石远观妻子翩翩起舞时的黯然与落寞。于是，从书柜中抽出《美丽与哀愁》来读。这些记载了宋美龄一生的文字，十分真实而中肯地再现了宋美龄这位奇女子不平凡的一生。无论是她从小的生长环境还是嫁与蒋介石作为"第一夫人"的日子，读来令人唏嘘不已。台湾作者王丰，记录收集了宋美龄生前不同服务与相伴人员的真实回忆。其中有一段文字记载了有关宋美龄因喜欢跳舞的传文：

宋美龄喜欢跳舞，难免在舞池里会认识一些跳舞的同好，其中有一位美国记者，便是因为曾经大胆邀请宋美龄跳舞，而彼此结识。交情慢慢深了以后，外面难免有一些喜欢拨弄是非和说闲话的，几句话这么一说，就变了调，走了样……

宋美龄出身豪门望族，父母是美传基督徒，10岁便随大姐宋霭龄、二姐宋庆龄、大哥宋子文到美国读书，十一年后才回国，26岁那年嫁给蒋介石。当年，蒋介石为了娶宋美龄，不但休掉了前妻，随母亲信佛教的他，答应宋母倪桂贞受洗礼信了基督教。因为宋美龄与美国的特殊关系，她开始"辅佐"蒋介石，与美国来往频繁，同时建立空军委员会，成为"航空委员会"的秘书长，实际行使的是空军司令的权力。她穿着中国特有的旗袍服饰，多次访问美国，到美国国会演讲，战时成为第一个用英语对国外直播的女性，被评选为"世界十大女性"，上美国权威杂志封面，从而让美国人家喻户晓。

战火纷飞的苦难中国，这位风情万种，多才多艺，才貌双全的美丽女子，享受着无上的贵族生活的同时为国尽力，一直到国民党的气数尽时，在力不从心中随蒋介石去到台湾。这位活过百岁的跨世纪老夫人，曾经在1996年接受记者采访时说："上帝让我活着，我不敢轻易去死；上帝让我去死，我决不苟且地活着。"

读完《美丽与哀愁》，突然明白，蒋介石的黯然神伤，又岂止是妻子与人翩翩起舞，更多的应该是对他自己所统帅的"国军"之担忧。自从1936年12月12日，在西安视察陕北军务和"剿共"情况的蒋介石，突然在当天清晨，被张学良和杨虎城领导的东北军和西北军软禁挟持，要求他立即停止内战，全力对日本宣战，这就是举世震惊的西安事变。从那时开始，他真切地感到，以毛泽东为首的中共领导下的队伍，以不可挡之来势，让他忧心忡忡。

我们是在夜色中进入鸡公山的，山中的青藤古树，在夜灯中匆匆掠过。次日清晨，漫山层林尽染，鸟欢泉鸣，点缀于层林中的各式洋楼别墅，使人仿佛进入异域境地。难怪鸡公山打出"洋、氧"的广告。站在报晓峰前，想起了毛主席的"一唱雄鸡天下白"的诗句来。

百年前的鸡公山，尽是洋人来此地建房避暑，所以别墅群有了各国不同的建筑特色。有一栋"颐庐"别墅，据说是军阀吴佩孚部下第十四师师长靳云鹗来山避暑，看到鸡公山竟成了列强们的公共"租界"后很生气，于是下定决心在鸡公山上建房，为中国人争气。别墅于1921年开工，1923年建成。建成后成为鸡公山最有特色、首屈一指的建筑。它坐落在南北之间的陡崖上，与报晓峰南北对峙，在众多别墅中可谓出类拔萃。故有诗云："楼阁连云看不尽，堂煌华竟让颐庐"。靳云鹗，字"颐恕"，他以其第一个字将该楼取名"颐庐"。为了纪念靳云鹗这种民族气节，人们将此别墅称为"志气楼"。

百年前的中国，中国人在自己的家里受外国人的欺负，是常有的事，虽然气难平，可那毕竟是一段抹不去又不能忘记的历史。在那样风雨飘摇、国难当头的年代，中国人，又岂止是黯然神伤呢！

2010年12月20日于凤池山下

望利川

1

秋风乍起，黄叶飘零。
怀念利川的心，忽上忽下。

2

到达利川时，已是傍晚时分。五个小时的动车，记忆模糊。除了快，还有爱。爱的私语，忽略了速度的快与慢，忽略了窗外的风景和车内嘈杂的人群。

拖着行李，随避暑人群，像鱼要游向海，挤进这座陌生的边陲小城。凉爽的风，很快吹散了身上从武汉方向带来的，濡热与潮闷。

3

相聚"西楚茗缘"。

你来我往,南腔北调,擦肩或停留,无一不是,因缘际会。

4

腾龙洞,亚洲第一大旱洞。距利川城六公里处。

怪石嶙峋,高崖雄奇。滚滚飞洪,似卧龙吞江,卷起千堆雪。九曲回肠,越地下河,远远滔滔,向清江而去。洞内壮阔大气,有容有量有深度。一场灯光秀,秀尽腾龙与土家妹娃凄美的爱情故事;一场深情歌舞,夷水丽川,腾龙飞天,传递土家风物人情,演绎土家文化白虎图腾的传说。

5

睁开眼,那绿就来了,挥之不去。静远的绿,清新的绿。重峦叠嶂,绵延起伏的绿。漫漶青青,百里柔情的绿。圆润壮阔,大气非凡的绿。这里的山,远观,呈现着不同的圆形,或圆,或椭圆,或半圆,在圆圆相串的绿色之中铺陈,像慈悲的佛,纳新吐瑞,祥和温厚。

高速穿山而过,山舞龙腾,车子穿越在盆地样包绕着的大山之中,或远或近,或高或矮,如岛屿,似丘陵。大山绕小山,小山依大山,山山相依相偎相牵念。他们,安静在天空下,似穹庐,绕云烟,高耸悠远,在大格局中彰显柔美。

利川天气,忽而晴忽而雨。利川雨,霎而聚来,霎而散去。但不潮湿。

朋友说，这雨，转过弯就没了。果真是，车子转弯后，前方一片清明。自由来去的烟雨，瞬间清明的蓝天白云，变幻出一幅幅流动的水墨画，一路前行，一路跟随。

6

那一户人家，在莽莽群山之间，在石梯陡壁中，穿石门豁然开朗，和"鱼背山"一起，独守苍茫。

此处叫"观彩峡"。好一个观彩峡，大峡谷中看彩虹飞度，难怪生活了七十多年的老人不愿搬离。土坯老屋，拾掇得干净爽朗。拾级而上的菜地两旁，桃李绿树下，淡黄指甲花，深红鸡冠花，大朵芍药赛牡丹，蜂蝶飞舞，老人杵棍含笑眼前……真是神仙乐逍遥的福地。

成片成林的玉米，先是从老人门前坑地上入眼来的。然后铺陈远处，一片片绿，一丛丛绿，苞谷穗随风而动，摇来泥土混杂着大粪的味道，只有在这样的味道中耕作出来的玉米，才是香甜的。

经过火烤之后的原生态玉米，一股香甜中的嚼劲，吃出来的味道，久久留香，以致我离开利川回到家里好久后，常常不能自制地想念那玉米的余味来，从而产生遥远的愁念。平常生活里，实在是买不到那种农人自己留种，牲畜粪便喂养出来的玉米了。

7

那石林，是在山花烂漫和宽阔的烟叶之间，与我相遇的。一丛一丛的野菊花，紫色不知名的花儿，摇曳着土家妹娃子的笑脸；一片一片的烟叶地，宽阔林立，敦实如土家汉子的闲适与悠远。各种形状的石墩、石笋、石磨盘，石床，你想它是何物，便是那物眼前来。虽不同形体，却石石有圈纹，似冰川留痕，滑溜坚硬。

利川，净和绿覆盖下的山，除了外观上的圆润，偶尔露出的石壁，不是大峡谷，便是峭壁奇石。坚硬如刀斧削砍，壁立千仞。腾龙洞，石林，鱼背山，观彩峡，佛宝山……无一不是，刚柔相并，硬朗俊秀。在利川接触的朋友们，他们憨厚实诚，侠义豪情，寡言多行。他们，代表着利川这方山水，外柔内刚的真性情。

8

大水井，在柏杨坝镇上。

柏杨坝是"龙船调"的故乡，歌声从这里飘向山外，享誉世界。在清新"六碗茶"的温婉里，感受土家妹娃的羞赧与热情，以及土家汉子的含蓄与幽默。然后，来到大水井。

大水井，是建于明末清初时，一个李姓大户人家。

最初知道大水井，是在利川走出去的著名作家野夫的文字里。

后来知道大水井，是从大水井投资人周振超先生的口中得知。湖北希望集团实业有限责任公司掌门人，一位憨厚得不像生意人的老总。机缘所赐，2012年我的长篇小说《守望木棉花》出版时，从不相识的我们，凭着一腔对老兵故事的感动和对作者的尊重，得周总资金不菲的纯情赞助。

那时候，他已经重金投资大水井多年，并一度把集团经济拉入低谷。可是，他认定了大水井的保护与发展前景。

每一位保护和爱护大水井的人，都是值得尊重和铭记的。

大水井，荷叶田田，雏菊遍地。走过石板路，"青莲美荫"大门的两边门柱上，由野夫拟联、原湖北省文联副主席刘永泽书写的对联：

八龙绕井烟村门户腾贵气，

百凤朝山草野文章存世家。

飞檐翘角，屋宇重重，雕莲画瓶，楹联字画显贵气。青瓦苔藓，阁楼重重，往事斑驳又缠绵。历史的烙印，处处可见。更有那如长城一样的围墙，带着当年防匪徒的枪眼，却防不了人生是一出戏的悲哀。

笙歌曼舞，耕读传家，富贵逼人，是曾经的大水井，前世的大水井人家。

几番起伏，繁华落尽。多少情爱，多少财富，随风而散。徒留"大水井"苍凉下的天问。

大水井，只是芫野烟尘里的一个梦。

几度与大水井之缘，当要另用笔墨抒情怀。

9

佛宝山的瀑布，清澈透明，流出的不是欢腾，而是欢喜。清澈细密，低眉落眼，不急不躁，不狂不傲。是大地间，一腔慈悲的柔情。

佛宝山周边，四处是莼菜，那可人的嫩芽儿，长在水塘间，样子如初生的荷叶，一层果酱包裹，清纯爽滑，沁人心脾。

微风徐来，木鱼阵阵，梵音穿越山间的白云寺，有的是静和净。高高端坐佛堂上的佛祖，从来都是，静静看众生。如今，难得有一处如此静净之佛地了。

利川，是一片有神佛佑护的土地。山的净，水的净，空气的净，云彩游过蓝天的净。这一切，滋养着人心的净。抑或说，是人心的净，恪守着神在万物之中的静。

10

苏马荡里,蜂拥而至的避暑大军,让我对利川之净,有了莫名的担忧。过度开发的疼痛,会让多年以后的利川,还能保留这样的净和凉吗?

这个炎夏,来自全国各地有20万避暑大军,包绕苏马荡的清凉,很多人在这里买了不同户型的房子,只为夏天避暑。仍然不断有人觊觎和垂涎,这里平均海拔1400米,森林茂密,夏天无酷暑的美好。

海拔之高,离天很近的地方,应该听得到上帝和各路神佛的话语吧?

而,大地无言,神佛不语,赐万物于人类。

"一切世间生灭智行,咸在其中,说不可尽。"(华严经)

利川之美之好之生态之纯净……

说不可尽。

11

利川城内,无论是吃饭还是喝茶,"西楚茗缘"是值得一去的地方。川茶川菜川酒川妹娃,古朴与现代相生和谐,室内与室外相映成景。包房或厅堂,或件或物,在在处处,字画临风,格局高雅。

更有那"西楚茗缘"牌匾,红绸之下,系武汉著名作家刘醒龙挥毫题书,圆润大气,亦如利川的山。

利川之美,是净美。干净的山干净的水,干净的雨丝片片,干净的蓝天白云,就连吸入的空气也是干净的。干净的利川,留在我的呼吸之间,念念不忘,两情相望。

12

  天上的流云，游丝来去，该有一朵利川的云吧？从利川回家，多日了。阳台上的花儿，木槿桃红，芙蓉粉淡，月季深红，茉莉素白，睡莲红的瓣黄的蕊，她们簇拥着我。而那颗心，怎么戚戚然放不下呢？有鸟儿尖声鸣叫，随流云飞过。莫非，那是来自利川的问候？

  秋阳炙热，想念利川的雨了。

  那忽而来忽而去，转个弯便消失在山间的——利川雨。

  度娘说：利川，地处鄂西南边陲，西靠蜀渝，东接恩施，南邻潇湘，北依三峡，与重庆四县两区交界，因为土地肥沃，物产丰富，为有利之川，故名"利川"。

  利川，我于长江之南，翘首遥望，白云悠然而去的远方……

  我知道，还会去利川。

  心中记下了"西楚茗缘"。我迟来，或早来；或前世，或今生，你都在那里等我！

2017年丁酉秋初于凤池山下

宝通禅寺

许多时候,"机缘"二字在人生之中处处存在着微妙。有时候,等待某个机缘的到来,需要用几十年甚至一辈子,抑或是前世和今生。

记得1993年在省妇幼保健院进修,每到周末,我会步行几站路到省农业厅与一位正在读大学的妹妹相约,省农业厅里有这位妹妹的姐姐一家人。那时,除了姐妹相见时的欢颜,同时会有一顿温暖的美食等着我们。那份身处异乡的亲情,一直温暖着我每进一步的不相忘。

从省妇幼到省农业厅,一定要经过那所禅寺,禅寺的全名是"宝通禅寺"。每一次走过,几乎都是禅门紧锁。禅寺的围墙漆着寺庙那种特有的黄色,在车来人往高楼林立的闹市里显得十分扎眼,却又十分沉静。寺门前一对笑容灿烂的石狮子,永远精神又合欢地对望着,一任身边尘世的喧嚣。大门两边各有四个大字:"庄严国土,利乐有情。"一句"庄严国土",彰显了有别于其他寺庙的大气。

每一次路过禅寺,总是不免要向那高大的大门上的飞檐翘角及寺内伸出的树枝望一眼,它的庄严无语,它那带着皇家气派的建筑风格,一直神秘地在我心中揣度着,禅门紧锁锁就的到底是一个怎样的天地呢?

心中常常念想着哪一天走进去看一看的愿望。将近二十年的光阴过去了，来来往往于武汉的脚步里，仍然有许多次路过，可仍是不曾进去过。它就在那里，如一座圣殿，让我心中有了无数个猜想。

2012年元旦这一天，属于我的机缘来到了，禅门为我而开。

当我和家人从侧门走进寺内的时候，一股檀香味扑鼻而来，让人闭目深吸。寺内有几处正在搞建设，些许凌乱地裸露着。寺内古树的红丝带垂满了无数香客的心愿。偶尔有穿着黄色僧袍的僧人走过，才让人感觉到，我们确实置身于禅寺之内，不然，总是让人感觉，于眼前的是一个规模不小的古建筑。

由于过了参观时间，所以几处宝殿都是重门深锁。我们直奔于寺内的丛林之中的洪山宝塔而去。带着孩子们在逼仄的阶梯间，一步一小心地向塔顶攀爬。早就听说过，洪山宝塔的神奇传说，其中就有关"洪山菜薹"为什么好吃，为什么出名，为什么价格可以高出普通菜薹的数倍。皆与洪山宝塔有关，与它在日照下的塔影有关。不管是否真假，至少洪山菜薹确实是出了名的贵而好。

爬到塔顶时，落日在天边的天空垂垂而下，红彤彤的霞光照着江城，站在塔上，登临远望，神清目爽。这么些年过去了，我终于了了心愿，进得寺里来攀上塔顶。下塔的时候，腿开始打颤，比上塔时更加小心了。一步一步地下来，手扶、低头、弓腰，小心翼翼地，一直只能保持这个姿势。走出塔时，我问孩子们，塔里一上一下，有何感想啊？小儿一文答：没什么感觉。读大二的霁儿却说了一句意味深长的话：累！伤不起！我笑着对大家说，我的感受是，"小心走路，用心做人。否则你会摔跤的"。弟弟听了，偷偷一笑。

转洪山宝塔，给我的感受确实是这样的："小心走路，用心做人。"不信，你可以去转一转体会体会。它就在宝通禅寺里。

2012年1月7日于凤池山下

万人如海一身藏

武汉之大，就像海。

每次到武汉，心里都是没有离开家的感觉。毫无神秘，无有新鲜，来去匆匆，一天可以两个来回。除了是自己的省会，离家太近，近处无风景。在在处处，是我惯看的风月。心心念念，常常如是。这无感觉的感觉，皆因交通发达所致。从过去的三个多小时，到现在的一个半小时车程，距离之近，淡了轻轻来去的渴望之美。在往事的记忆里，并非如此。

老家有个二婆，她的姐姐嫁给了武汉人。每次她看了姐姐回来，要说上几个月的武汉事。印象最深的是，她说武汉大得无法形容，每次去看姐姐，每次都得问路。说到问路时，她便咬着汉腔学武汉人："还行。笔直走笔直走……"几个月下来，新鲜事变旧闻，她还是乐于叨叨。再听她叨叨时，每每说到问路这个环节，我们小孩就把"笔直走笔直走"提前用汉腔附和出来，让她乐呵呵笑得打滚，三寸小脚跟着颤抖。那时，除了学会"笔直走"的汉话，对武汉之大是无可想象的。

年少时，父母工作的卫生院里，住了好几家正宗的武汉人，都是支持内地建设分来医院工作的医生护士。印象最深的是一位护士，青春时尚，几许冷漠，几许忧愁。在山区小镇里，能感觉到她心有不甘，可又奈何不了命运的安排。特别是和当地的一位老师结婚，并生了一对双胞胎的儿子后，她知道，回武汉是没有指望了，除了偶尔回武汉娘家看看，还把其中一个儿子送回武汉成长。每当儿子回来度假时，我们都能感觉到，她更疼爱在武汉长大的孩子。现在才明白，她是把自己对武汉的念想寄托在了这个儿子的身上。听她说得最多的是，当年从汉口剧院追到武昌剧院看越剧《红楼梦》的痴迷与美好。所以，这位我们称之为"俞阿姨"的武汉人，一边做着通山的媳妇，一边唱着越剧，一边怀念着武汉的青春往事。那时候，随着院内的武汉叔叔阿姨伯伯，院子里的孩子们，几乎都能说上标准的武汉话。就是到现在，只要遇到俞阿姨的儿子，我们还保持着用汉话对话的习惯。

  第一次到武汉，是哥哥带我去的。那是八十年代中期，改革开放微醺之时，我在卫校读书，哥哥在咸宁地区医院进修，时尚的哥哥多次带我坐火车去武汉，逛了武汉三镇的不少地方。一次在民众乐园，哥哥用他一个月的工资24元，为我买下一条白色乔琪纱的连衣裙。老板一边说这是刚从广州进回的时尚货，一边用"听了坨"夸我穿着好看。这条裙子带来的美，如一个天使，伴随我一生对美的热爱与追求。

  武汉，从此也成了我多年来的购物天堂。从大街到小巷，从铺面到商场，从衣物到各色吃食；从哥哥带着我，到我自己和同学好友，从少女逛到为人母，仍然乐此不疲……价格的多样，物资的纷繁，让人乐淘其中。九十年代初，在省妇幼进修半年，每到休息日，便从武昌到汉口逛街购物，一条琳琅满目的汉正街，让我们几位同学逛得"不要不要的"。几十年来往于武汉，熟悉着她的气息她的味道。几十年爱文字写文字，除了日记中记过，却从未有感触我专门为武汉写下过文字。在武汉，爱臭美的我，甚至连相片都很少拍。

  2014年，山东作家刘学刚，在武汉给我打电话："姐啊，武汉太大了，让我无所适从地寂寞着，还是来通山看姐吧。"

武汉之大，大得外地人一如纵身大海，寂寞无岸。

  昔人已乘黄鹤去，此地空余黄鹤楼。
  黄鹤一去不复返，白云千载空悠悠。
  晴川历历汉阳树，芳草萋萋鹦鹉洲。
  日暮乡关何处是，烟波江上使人愁。

崔颢的诗，写尽武汉之大之空茫，同时也道出了，武汉大得令外地人寂寞升起的愁绪。在古人的诗句里，惯看长江滚滚，高楼大厦，龟蛇相望，东湖情深落雁桥。惯听那火辣辣的、仿佛夹着石头的汉腔，掷地有声，冷漠中的古道热肠。

江城武汉。当我一次次置身于大武汉，武汉不知道人海中的我是谁，我却能感知武汉跳动的心脏和脉搏，武汉的筋络与血脉的流向，以及武昌、汉阳、汉口三镇相连的气息……长江穿城过，九省通衢，一桥架南北，天堑通途。宝通寺、归元寺、长春观、莲溪寺；热干面、武昌鱼、洪山菜薹、精武鸭脖；珞珈山、首义广场、古琴台；江汉关、汉正街、昙华林；武汉的汉剧，武汉的作家，就连街上跑的公交车，野如放飞的马……

来往于武汉，武汉不把我当客，我也不把武汉当亲戚走，她就是我一去二三里的邻村，走过路过，打个招呼继续前行。当我说我是山里人时，总有武汉的朋友调侃，你哪像山里妹子，你身上分明有武汉人的大气与豪爽。曾经也有不喜欢武汉的时候，除了大，还觉得冷漠。当我把几十年往来于武汉的感受，化作笔端之涓涓细流时，才发现，武汉，已然在我跳动的血脉中，是连着骨头牵着筋的爱。

2017年6月10日于凤池山下

第五辑　本来生活

玫瑰开在耳垂上

那天和女友赏完樱花后便去逛街,看到琳琅满目的耳环,一口气买下好几对,每一对各有特色,可每一对又有一个共同点,那就是每一个环上都悬佩着一朵玫瑰花,十分亮丽可爱。

自小,母亲常说:"千打扮万打扮,不抵耳朵戴对襻"。这里的"襻"是乡音,该是垂挂和攀附的意思。可我从未见母亲佩戴过耳环,母亲的耳垂上,细细的耳洞,一直闲置着。母亲一生简朴勤劳,生活再困难,母亲从来没有让我这个唯一的女儿感觉到过,总是冬暖夏凉地呵护着。

18岁那年,母亲的同事用医院里的止血钳夹着弯弯的手术针,在我圆润的耳垂上"挖"了一对耳洞。母亲说,这么好的耳垂是用来戴耳环的。而母亲小时候的耳洞,则是用绣花针穿成,不用任何消毒,但要选择农历正月十二这一天来穿,穿耳洞前先要用手指捏搓耳垂至麻木,带有绣花线的针一针穿进,用绣花线打个结,日久便成了。

时代不同穿耳洞的方法也不一样了。现在的女孩,基本上是用激光或那种专用来打耳洞的枪,一枪下去,"耳钉"也就戴在了耳垂上;有的女孩一穿就是一排，在耳郭上闪耀着一份别致的美丽。也有男孩子戴耳环。古时候男人戴耳环者有之，以少数民族的男子为多，那时候的汉族男孩要是戴耳环，多数是算命先生说这男孩命里不好养，需要戴上耳环圈着好长大。现在男孩耳垂上的耳环，多半只是一种时髦的象征了。

母亲常说，世界上没有丑女子，只有被好吃懒做丑化了的女人。女人只要干净整洁，勤劳好学，自然就好看了，如果再配上一对恰到好处的耳环，韵味也就出来了。

爱干净整洁，爱耳环爱臭美，成了我一生不变的奢好。无论走到哪里，小饰品店和地方特色古街，一定是我最爱的去处，一定会淘得心爱之物件，不求穿金戴银，但求一刹那的心仪和欢喜。所以，我拥有不同时期来自全国各地的特色耳环，可够开一个小耳环店了。常常是，不同耳环配着不同的服饰，穿戴出一份环佩叮当的美丽，和一份舒爽的心情来。

母亲还常说一句与耳朵有关的话语："花花世界里，女人切忌软耳朵根听人唆使，要坚定自己的主见和生活。"母亲的一生，坚定自己的生活和主见，让大家庭日益昌盛。

无论哪个时代，都有花花世界，女人常常要用耳垂上的美丽来拒绝不同时代的流言蜚语入侵大脑，让耳朵接上地气，稳住属于自己的生活方向，拒绝和傲视生活中所不齿的一切。

女人的一生有爱，最重要的一项便是爱自己。

这一生，让玫瑰次第开在耳垂上。愿这世上的每一位女子，都能够让玫瑰开在耳垂上，从而幸福知足和感恩。

2011 年 4 月 14 日于凤池山下

女儿如花

那天匆匆下楼，迎面碰到老父老母正上我家来，母亲说，不上去了，你去上班，过几天是霁儿20岁生日，这点钱你给她买点什么。来到办公室，笑着跟同事说，我正没钱用了，母亲却送来了。同事听了因由笑着说，女儿二十岁你可要为她摆桌饭的，一大家聚聚算是给她过生日，因为女孩子二十岁是在娘家过，三十岁就要到别人家过了。同事的话，把我带向了我在娘家过二十岁生日时的美好日子……

19岁那年，我还在读卫校，生日那天，父亲一大早就来对我说，让我一定要回家去，说是为我做二十岁。那时父亲在九宫山下的镇卫生院任职，母亲在药房上班，哥哥已成家，我和弟弟在读书。回家的时候，老家的爷爷奶奶来了，外公舅舅来了，哥嫂带着侄女也来了，还有一些亲戚，现在不记得了。我生日是农历十月十五，正是十月小阳春的初冬，雨水少，有月亮。至今母亲还忘不了我出生时月亮特别的亮。

记得生日那天晚上的月亮特别的圆，因为有卫校同学搭末班车来了，我去车站接站，同学们拿着花提着蛋糕，刚一下车，突然全城停电，刹那的停电,让天边那轮金黄的月亮格外光晕柔和,映着小镇的质朴与浑厚,同学们一阵欢呼,都说我的生日是特别的。母亲做了许多家乡特色的菜肴,亲戚一桌,同学一桌,温馨祥和。晚饭后,父亲让通信员把会议室打开,让我和同学们一起单独玩。我们来了一个小小的生日晚会,每一位同学表演了不同的节目。最难得的是,有一位不是同学的朋友,他随同学们一起来了,是同学们有意安排而没事先告诉我的。他带来了小提琴,在关掉电灯,点起蜡烛的时候,一曲"洪湖水浪打浪"在窗口洒进的月光中缓缓升起,让这个普通的生日晚会添满了真情和浪漫,那一刻,这位平常在一起玩耍时幽默内秀的朋友让我怦然心动。

那个生日,还有一点记忆深刻的是,祖父送了一个鲜红色的"革命日记"本给我,本子是当医生的祖父在1973年卫生所整队工作的留念。祖父让我好好读书记好笔记。这个本子成了我记日记生涯中的第七本日记,我把它装扮得漂漂亮亮,那时我们有许多同学正和老山前线的军人通信,我也是其中之一,那时也正流行《十五的月亮》《望星空》这两首歌曲,我在扉页上贴了一个军人和一个美女的图片,并写了一些话,如今翻开看时,那个时代的气息扑面而来,令人无限怀念和感叹。

这岁月,这日子,仿佛还是在昨天,可转眼间,我的女儿也开始过二十岁生日了!真是"如花美眷,韶华舞流年"。记得我三十岁的时候,祖父和外公都已不在人世了,我也在"别人家"过起了三十岁生日,父母再来时已是做客了。想来,是该为女儿的二十岁留一点什么的。于是,订生日蛋糕,打电话通知孩子的爹爹、姑妈,还有爷爷奶奶也就是我的父母,女儿的舅舅舅妈等人。不多,一大家有的不在家,有的没打扰,刚好一桌,热闹一下,为这个相聚留一些照片,仅此而已。想起来,女儿的二十岁生日,反而没有了我这个老妈当初的那份浪漫了。毕竟,时代不一样了,浪漫的东西也不相同了。

女儿温婉善良,清透美丽,不多言辞,虽然读书不是很出色,可沉静稳重。从小练习钢琴，在大学学习音乐教育，蛮适合她的性情。做妈的，只希望她平凡快乐便好！

女儿永远是花，是如山海棠那样的花，自尊自重地开出美丽来！

祝福如花女儿生日快乐！

2011年8月28日于凤池山下

丹青照我心

挂画的时候，侄女一丹嗫嚅地对我说：

"姑姑，我想要你的画。"

我以为听错了，有些不信地回头看着侄女说：

"什么？我的画？你看得上我的画？"

侄女连连点头说：

"是啊是啊！知道你忙，要管孩子要做家务又上班又写文章，一直不敢开口。美国的别墅入居后还没有挂画呢。"

在表弟身后递钉子的我，立马站直转过身来，有些兴奋地说：

"你能看得上，我再忙也要为你画啊！"

这时，旁边玩手机的弟弟，有些忍俊不禁地说：

"阿丹说要你的画，是哄你开心的。"

侄女双手托了托怀里的孩子，很认真地看了她叔叔一眼，转而又对我说：

"我说的是真心话，画，和眼里看到的美是一样的，重要的是第一感觉，并不是非要名作名家才能打动心灵。姑姑的画，我第一眼看了就觉得清新干净，美。更重要的是，看着看着，似乎让心境宁静起来。"

侄女的话，说得我几许忐忑，说得弟弟又偷笑起来。这一幕，是在阳新老家新房里的对话。

父母在老家做房子正式入居后，看着那空空的楼梯间，爱美的我想帮父母装点一下，于是把小女一文的画和自己的几幅习作装裱好，春节前两天，我和阿勇表弟一起送一丹母子仨人回老家看父母，把画也带了回去，并让阿勇表弟帮着挂在楼梯间上。不为别的，只为让父母高兴，特别是父亲，除了对来客介绍这是自己孩子作的画，更重要的是，住在老家的日子想念通山和孩子时，可以随时看看这些画。无论是写文字还是作画，除了愉悦自己，同时也是哄年迈的父母开心。

侄女一丹和夫婿同为武大同学，2014年双双留美，据说侄女婿将在2018年升格为科学家。一丹从小在爷爷奶奶身边长大，是爷爷奶奶的小棉袄，有什么话都喜欢告诉奶奶。刚去美国时，一丹忙着学位考试时发现意外怀孕，奶奶知道后，十分高兴地对她说，学位可以后一步考，女人最大的任务是生孩子做母亲，孩子生了长大后再来考学位也不迟。一丹听了奶奶的话，中断学业，浪费了几门学科已经通过的成绩，一门心思为生孩子做准备。

2015年和2017年在华盛顿州前后生下两个儿子，这次带着两个儿子回家过年，每次吃饭时，看到她不是顾着吵闹的孩子，就是等大家吃好了帮她抱着已经不哭的孩子她再吃，多数时是把几个月的小儿子放在怀里吊在脖子上站着吃。我心疼得一个劲地说当母亲苦啊，不容易啊。她也说，当了母亲带这两个娃才深深体会到，带大一个孩子有多么不容易。于是，我在思索，该为她画什么样的画呢？想好后，春节这些天，便开始为她作画，除了参考家里的书籍临摹，同时也融入自己的思想。前后画了六幅画，在送给一丹时，我一一作解释。

一幅"比肩"，画的是两朵凌霄花，我说，凌霄花可以借着树枝攀得很高，你和宋雪航的树干就是读书，借读书这个树干上，你们已然走得很远了。无论他现在是科学家，还是现在的你为了孩子做出事业上的牺牲，但你们始终是比肩的，等孩子长大后，相信你的事业也会有新的突破。侄女听了，连连点头称是。

一幅红红的樱桃加上小钵养的才露尖尖角的大蒜，主题是"多子多孙"，已经生了两个儿子，将来会子子孙孙多福多寿，这是一个母亲最好的未来。"春来早"画的一丛水仙，很是霸气，水仙花开在春节间，虽清新柔弱，当大片聚在一起时，彰显春的气息不输百花，寓意任何时候，都要让心中的春天来得早。中国人一直以"红梅"喻人，崇尚"梅花香自苦寒来"的高尚品格。

"杏花春雨"这幅，春节过后"雨水"将至，当雨水到来时，杏花桃花李花也会纷至沓来。画面里，雨水和杏花融合在一起那份粉嫩的铺陈，以及代表她一家四口走在花雨间点染的动感，除了美，更多的寓意是，希望在异国他乡，常常想起家国乡村"牧童遥指杏花村"的古韵。一丹看着画中四个人物，一个骑牛三个步行，她孩子气地说，骑牛的是我，前边是宋雪航引路，后边是两娃。听了一丹的话，大家齐声笑起来。

前边五幅都是小品画，唯有一幅大一点，有山有水有船泊，有寺有塔有码头，有路有树有花开，主题是"江山如此多娇"，临摹的是大画家潘天寿1959年的国庆献礼，大体保持原画，细节处做了调整和改动。我对一丹说，之所以要画这一幅送给你，是希望生活在美利坚的你们，不要忘记热爱祖国的山山水水。一幅一幅，边看边解说，侄女会心地笑了。

喜欢画画始于少年时，受母亲绣枕套画鞋垫之引导，读书时，常喜欢把课本的插图在书本里学着画一遍，初中高中卫校时期画的一些画，一直保留至今。近年重拾心中画境，除了阅读《南画十六观》之机缘，更多的，好像是心中的那个梦，从来未曾放弃过，不为什么，简单得只为自己喜欢，只为那种让自己融入诗画中忘我、忘记俗世的妙不可言。特别是，小女儿一文为我篆刻一方佛印后，那种不能自制的作画冲动时常涌起，感觉是孩童的童贞之手，牵起了与佛祖之间的性灵，常有感恩和欢喜之心在丹青之间浮现。

  这个时代，不缺少各种各样的大家和大伽，难能可贵的是，拥有一颗平常快乐的孩童心。我的每一幅习作，都是独一无二的，绝不重复，每一幅丹青是我不同时期心境的写照。这六幅稚嫩的习作，将随侄女去向大洋彼岸，挂在她美国的家里。我知道，侄女一定有如我弟弟所说哄我开心的成分在里边，但也不排除，在异国他乡的她，看着家里挂着自己姑姑的画作时，又何尝不是对家乡对父母亲人那种乡愁的慰藉呢？

公元 2018 年 2 月 20 日
戊戌年正月初五于凤池山下

男佩观音女戴佛

中国人爱玉并佩戴玉的历史，由来已久，自古有之。古时候戴玉多是有钱人家的象征，而且玉多为有情人的定情之信物。随着时代的递进，如今，佩戴玉器，已入平常百姓家。

"金银有价玉无价"。玉是讲缘分的，玉会随着主人佩戴的时间增长而增值。玉在与主人长期"肌肤之亲"的过程中，玉的灵性也随之而生养，故有"水养玉，玉养人""珠圆玉润"之说，玉靠着身体慢慢浸润而富有灵性。一件跟随多年的玉器，特别是贴身佩戴的玉器，会保护主人的安危。这是一种无法释解又经许多人应验过的神奇。所以，又有"宁为玉碎"之说。相传，玉有为保护主人而碎之说。

玉被雕塑打磨出多种不同的造型，所谓"玉不琢不成器"。只有精雕细琢过的玉石，才能称得上玉器。于是有了"玉如意""玉佩""玉玺""玉白菜""玉玲珑"等玉工艺品。这些玉工艺品的背后，隐藏着为人知和不为人知的故事。

人们好贴身佩戴的玉器，除了古时候男士佩在腰间方形或圆形的玉佩，以及无论古时还是现代，女人喜戴在手上的玉镯之外，现代人更多地，以戴在脖子上为主。一块精美之玉，系上一根纤巧的红绳子，吉祥又美观。现代人多选择的是"玉佛"与"玉观音"以及"平安扣"，平安扣多以孩子佩戴为主。玉与佛相互相存相联系，使本该神奇的玉，更加神秘地蒙上了一层佛教的祥和之色彩。于是，在佩戴玉佛与玉观音时，又有了"男佩观音女戴佛"之说。

一直以为，"男佩观音女戴佛"是指佛教意义上保护的效法所不同而释之。前不久，恒彬来信说，他又去淘玉了，这位不但对玉十分钟爱且颇有研究的小弟，我所拥有的几块心爱之玉，皆是他当年在新疆和田当兵时所赠。他还在信上为我说起"男佩观音女戴佛"的真正内涵来。

他说，普天下男人皆粗犷、急躁、自大。而观音菩萨是大慈大悲救苦救难的化身，粗暴性急的男人佩上玉观音，希望能有观音的慈悲与柔情，以及对生灵的博爱。而女人则易尖锐、易妒忌、易狭隘。而佛，特别是弥勒佛，有大肚能容之度。女人若戴上玉佛，但愿能有心胸开阔，豁达能容之雅量。

读完这些解释，有一瞬，竟茫然不知所悟也。原来"男佩观音女戴佛"是如此美好的祝福啊！

不经意间，抚摸脖前戴了多年的新疆和田玉子料玉佛，翘着兰花指笑容灿烂的弥勒佛。我在问自己，是否在用心生活？是否心胸开阔？是否有难容之度？是否不负如来不负卿？

2010年10月29日于凤池山下

采得梅楂进我家

在某水库之地,我们的任务是割掉水库堤坝、沟渠周围的杂草,清除淤泥,目的是让水库的堤坝显现出来,以便于观察水库是否有漏水或其他隐患,以便春天来临时能够正常进行排水与灌溉。

杂草深深比人高,人们挥舞着镰刀锄头,在阵阵笑语中享受一种久违了的集体劳动。登临远望,远处的公路、稻田、沟壑、水渠,皆是蠕动的人群,阳光下的红色标语和旗帜,更是生动而耀眼。标语总是顺应时代的产物:"转变机关工作作风,深入农村关注民生""大力改善农业生产条件,促进农业农村发展""整修农田水利设施,为推进我县转型跨越发展打下坚实的基础"。

当我用我的"鱼鳞刀"割草引来许多同事的笑声时,我身边的一位姑娘一柴刀下去,砍下了我不舍得去伤害的一株"梅楂树",它正结着红红的果实,十分诱人,刚刚我还和其他几位女同胞摘过一些果实放嘴里吃着。看到被砍下的梅楂树,一地鲜红,闪闪烁烁。我心疼地说那女孩:你可真下得了手啊,那么好看的梅楂,你一刀就结果了它。女孩羞涩地说：不是说不让留一根吗，所以我就砍了。女孩有些不好意思地弃梅楂而去。我赶忙去捡了起来，与我的包包放在一起，准备把它带回家。

　　回家的路上，手持梅楂树，一路引来不少人的视线，有的人甚至干脆惊呼：梅楂唉！这一声惊叹，我懂得，一定是勾起了他们心中某个美好的童年回忆，那童年的记忆里，一定珍藏着山野里缤纷的故事。

　　小时候，几个小伙伴一邀，在不同的季节，上山采摘不同的野果，以满足小小的馋嘴。不同的山果不但满足了馋嘴，更多时候添了山里的野趣和童年的乐趣，小小的梅楂，也就是童年记忆中的一种了。它总是结着红红火火的果粒，张扬的刺，低调的叶，让人怜爱十分。那火红色的果，味微涩，汁微霉，核黑小，三五粒结成团，闪闪烁烁地点缀在刺与叶之间，亮丽又迷人。

　　不采梅楂已多年，再次相遇，却是在这样一个初冬十月小阳春的日子里，在它静静于山野秋风茅草的深处，突然一下子来了那么多的人，在一刀刀挥下去的刹那，了了美丽的风姿。

　　实在不忍，于是把它带回家，插进我家楼梯转角处的花瓶里，灌上水，水里加上糖和盐，只想能让它美丽的风姿多留一些时日。插上梅楂的楼梯处，倏尔灿烂了十分，让我惊喜地看到，它的风姿，在我那淡绿色荷叶瓶子的映衬下，竟有了几分梅花的雅致。欣喜地拿起相机，不停地从各个角度来拍摄，那美，一下子占据着我的心灵，让我兴奋无比。突然悟得，它为什么叫"梅楂"了，它分明是梅的化身，同时它又是楂的本体，故而美其名曰梅楂了。

　　采得梅楂进我家。

　　是缘分。是不舍。是留下。是回忆。

　　是童年远去的追恋……

2011年11月21日于凤池下

为两棵树哭泣

上班路上,走到老徐家桥时,只见桥头处围了一帮人,远远地,听到电锯刺耳的尖叫声。走近才看清,桥头侧的两棵树被锯倒了,买树的人正在肢解树枝。我疾步上前,大声质问:"好好的,怎么把树砍了?!"只见一位中年男子有些诧异地看着我,然后说:"要修沿河路,通知我三天处理掉!"我说:"天啊,这两棵树刚好与桥头平行,那这座老桥也要推掉?"那人说:"那不会。"我又说:"如果桥不推掉,这两棵树是可以保下来的。整河修路是好事,可这两棵树是完全可以让路弯一点保下来的,你们就这样武断地把这两棵大树瞬间砍了?"中年男子说:"这树是我10岁那年亲手栽下的,我也不情愿啊,可没办法,他们只给我三天时间,明天就到时间了。"我又说:"说明你对这两棵树没有真感情,如果真舍不得,一定会想办法保它们,哪怕是请人移走,而不是让它们彻底消失毁灭。"中年人又说:"30多年了,我怎么会没感情呢!你又早点不过来,我身边所有人都是无声地看着,没有一点办法,如果你能早点来这样说,我也许就不会这样做了。"我有些恼火地看着他说:"我就今天中午下班没从这边过，如果早知道我可能会和你一起想办法保下它们，可现在说这些都是白说了。"我边说边上前拍了几张图片，为中年男子丢下"你真没用"的话，然后愤愤离去。

走在路上，我的心像丢失了一样难受，继而，泪，忍不住地流下来，伤心欲绝，走到办公室时，再也忍不住地悲伤哭泣起来……我的哭，没人能懂，没人能理会；我的心痛，无人可解；我的泪，只能默默地对自己的心流淌……

2008年搬到水岸花园临河而居，7年了，这两棵树，就像我的亲人一样，我每天要来回四趟路过它们，与它们见面，相互问好和致意。它们立于桥头一侧，无论晴天还是雨落，它们总是默默地坚守在那里，看人来人往，看它们身边两家最底层的主人，住在老土屋内，过着清贫劳累又安逸的生活。它们的枝，已伸向云端，与天空耳语；它们的根，已植入大地，与地神对话；它们的干，厚厚的皮，如一位慈祥的老人，任周围孩子们攀爬玩耍取乐。它们从幼年到成长至今，看尽人间多少人来人往离合悲欢。这一刻，它们竟然被锯掉了，然后被一节一节地肢解、一寸一寸地剥离，它们一叶一叶地散落、一片一片地倒下……像两个巨人，奈何不了强势的捆绑，在仰天长啸中任人宰割、崩裂、摧毁……

7年了，这两棵树，一棵梧桐一棵槐。每每路过它们，雨天我会撑着伞，停下来，静静地看看梧桐滴雨的声响，总会想起"梧桐更兼细雨，点点滴滴到天明"的句子。槐树花开时，我会向前，轻抚它粗粗的老皮，想起董永无奈地对着槐树质问"槐荫树槐荫树，你为何不开口说话啊……"那一刻，就会为董永失去娘子槐树无语而悲痛。心情好时，也会想起"高高山上一树槐，手抚栏杆望郎来。娘问女儿望什么，我看槐花几时开……"

7年了，这两棵树，还让我看到相依在它们身旁生活的两户人家，虽然我不知道他们姓甚名谁，虽然从来没有打过招呼，虽然他们也不知道我是谁，可每天路过，每天共同面对这两棵树的心情，我们已然是熟悉的朋友，如这两棵树一样，是不需要往来不需要话短长的朋友。一侧是两间土巴老房子，住着一对老人，年纪看上去约莫70多岁，他们的土屋内，常常是生柴火用吊锅做饭，红色火苗在火炉上闪烁，炊烟在灰色的瓦屋上飘荡，偶尔几块黑黑的腊肉，卧在门口高高的柴堆上享受阳光的温暖；土墙另一侧是一块小菜园，不同时节会有不同的绿色蓬勃着……这些停留在少时记忆里的最原始的生活场景，让路过的我时常庆幸，都市内的这个角落，还能让我每天幸运地看到过去。常常恍惚，时光不曾远去。就是这样一对安逸地过着自己并不富足生活的老人，听说也要搬离老屋了。另一侧是一对中年夫妇，男子拖着板车，大街小巷收取旧酒瓶和破玻璃，女子则戴着手套坐在门前，用锤子将各色玻璃锤碎，让五颜六色的碎玻璃堆积如山地在阳光下发着光芒，然后一车一车地拖离……这两户人家，让我看到，如他们每天面对的这两棵树一样，默默坚守在生活最底层，与世无争，宁静安好。是不可阻挡的城市步伐，打扰了他们的宁静。

  10年前到黄山，看到上山的路中有一棵树，为了保这棵树，路多弯了一点儿，可就是这棵长在路基内的树，让黄山更有魅力，让我和无数个到黄山的客人，忍不住在心里向为保下这棵树的黄山人致敬！

  如果可以，我多想像尼采那样抱着被人鞭打的马头痛哭"我受苦受难的兄弟……"可是，牵着我心的两棵树倒下了，想那样抱头痛哭，已无树可抱无枝可依。它们，随着被肢解的阵痛，随着轰鸣的汽车尾气绝尘而去，空留我一腔无奈和悲痛……

2014年11月13日于凤池山下

皇帝也有草鞋亲

周末,母亲来电话说家里有客人让回家吃饭,得知母亲要请什么人吃饭时,这些人一个个出现在脑海,他们的生活场景在眼前活灵活现。他们是炸油条的光辉夫妇,做早点的卫国夫妇,跑三轮车的小骆夫妇,烤烙饼的日光夫妇,做小生意的幸水夫妇……母亲说过年时他们都来给她拜年,要请他们吃个饭。其实,依母亲的个性和我对她的了解,她老人家早就带着父亲一起回拜过了,只是还欠着请他们聚一聚的一顿饭。

这些人都是母亲多年来"积攒"下的"亲房",因为她这个"熟脚"(母亲话)的牵引,这些人都是从阳新老家不同地方来通山"讨生活"的远亲近邻,他们于广场一角、屋檐下、小巷里,或立一个小摊,或支一架炉子,或推一个小推车……搭锅起灶,拿出他们所学的手艺,于起早摸黑、披星戴月中谋生;在历经城管的追赶、管理部门的脸色、本地人的盘剥等不同的风雨中走来,总算有了相对的稳定。在他们的稳定成长中,没有少过母亲曾经为他们奔波的身影,在他们的小生意出现阻碍时,夫妻之间争吵不和时,尽一点绵薄之力,如"解决"一些难题,走一些

"门路",上门劝解做思想工作,这些都是常有的事。

经过多年的努力,最开始创业的不易,一步一步好起来,经济上,他们远远超出了退休领工资的父母,但母亲一如既往地,用她的方式温暖着他们在异乡的亲情。其中,最受惠的是父亲。父亲从卸职到退休,他随母亲一起融入这些并无血亲的"亲房"之中,享受着他们为他带来的,既不是上下级又不是至亲的特殊尊重,随着母亲一起乐呵呵地帮他们,和他们打成一片。

十多年来,不打牌不跳舞,不进老年活动中心的父亲,除了电视报纸,每一天的运动就是走路。父亲每天早上吃过母亲为他做好的早点,饱饱地出门,从家里出发,迈着他潇洒帅气的步伐,上街来到广场,必须先到这几位"亲房"的摊点"检阅"一番,看看炸得黄灿灿的油条,闻一闻香气四溢的热干面,烙饼机前看翻来覆去的烙饼喷喷嘴,偶尔遇到正吃早点的熟人或老同事,他会乐呵呵喜滋滋地告诉人家"亲戚、老乡"。这些"亲房"见了父亲,总是要让他吃这或吃那,父亲拍拍肚子"吃不下,太饱了"。我想,酷爱热干面的父亲,是想吃一碗热干面的,无奈每次母亲让他吃得太饱。在"亲房"们的各个摊点检阅完后,他才走进超市,加入排队拣便宜货的队列里。

每天两趟的广场"检阅",成了父亲晚年生活的一大乐趣。所以,请这些"亲房"来吃饭,面对满桌佳肴,是父亲最开心的事儿,父亲老早站在窗口上望,望到客人来时,便忙着帮母亲摆桌铺筷端菜,然后喝酒。这些平常忙着营生的"亲房",过年过节时,或是谁家办喜事了,或是来了贵客,一定要把父亲接去坐上席陪贵客。晚年的父亲没有寂寞,除了单位每年一次夏季避暑秋季重阳节活动,其他时间,他消磨在与这些"亲房"之间的往来里,在母亲用她的善良热情和乐善好施中积攒下来的"亲房"里,享受着曾经当领导的待遇——尊重!

随着年龄的增长,岁月的洗礼,以及和这些"亲房"的来往,父亲年轻时候的威严，竟然悄悄消失殆尽，剩下的只有一脸的慈爱，以及与孙辈们打成一片乐呵呵的童颜。

吃饭时，炸油条的光辉敬父亲的酒时，说父亲是他们在通山的"老树根"，有了他，他们才更安心地打拼于异乡。他的生意扩大了，离开广场，到新城新医院对面开了一家牛肉面馆，并说父亲已经绕道去"检阅"多次了。坐在父亲身边的我，拍了一下父亲的肩膀说：帅哥老爸依然帅，得益于每天几趟"检阅"到位啊！说得一桌"亲房"都大笑开来。

从小，我就是在与这些不同"亲房"来来往往中长大的，有时也会生气，比如要我让床去搭睡时，可母亲总说"皇帝也有草鞋亲，不能不懂事儿！"我曾在一篇写母亲的文字里说道："母亲就像寒冬里的一炉火，温暖着靠近她的每一个人。"

这些"亲房"们，一如我每次回娘家时要经过的一条老街，看似古旧，却散发着浓郁的生活气息，那里居住着社会最底层的老百姓，他们干着最原始的各种手工营生，正是他们的稳定与平和，坚实着我们脚下的土地！

2016年3月6日于凤池山下

从前慢

多年来，除了工作，多数时是在家务劳作烟熏火烤中做家庭主妇，业余时间读与写，一直是几十年不变的爱和坚守。当彻底做个现代人，在键盘上敲打得字字如飞时，心中总有不甘，似乎还有梦想潜伏在心间，特别是面对各种不同地方看到的不同书法时，这梦想更强烈，心有感叹，这才是老祖宗留下的真正优雅啊。常常羡慕，要是能学古人，手执毛笔写写字，那该有多好啊。

几年前搬新居，有了根据自己喜爱布置的书房及可以写大字的书桌。这时的我，开始让心动变行动。好友，书法家重阳，慷慨赠字帖和毛笔，为不负朋友，不负自己也算是读书人，于是开始练起了毛笔字。一本《乐毅论》，从头至尾，练了百十遍，在毛边纸上练，一撇一捺，一横一竖，一笔一画，就是一个初学写字的孩童。慢慢地，在古曲绕梁的书房里，每天一张字约一小时，从阳台上的栀子花开到月季深红到石榴红似火，从雨季到秋阳到窗外瑞雪飘飘……在手执毛笔的美好中让日子慢下来，慢如古旧的日月，慢如古人的浪漫，慢如绣楼内一针一线绣心情的女子。

虽然写得稚嫩无颜，可我已深深被这种墨香浮动的氛围所熏染并陶醉。告诉自己，我练的不是书法，是提笔的心情，是这份慢对岁月不辜好时光的曼妙古情趣。在这个慢的过程里，心情受感染，我开始制订计划写《禅意·火花》，从2008年3月到2012年1月，完成366篇近60万字的文稿，然后选择一部分结集成册。这些文字，都是一些处变不惊，慢悠悠的心情文字，是这些文字，陪我度过了一些不快乐的日子。现在想来，还得感恩这份写毛笔字带动的心情，是手执毛笔带来的宠辱不惊。

断断续续，练了约一年多，后因接受长篇小说《守望木棉花》的创作任务，让练毛笔字告一段落，专心用于小说素材的采访和抒写。涉猎我不熟悉的领域和人群，凭着一腔对军人的敬爱，有些无畏而懵懂地一步步完成。这个过程，是坚定而不容易的。小说从开头到结尾，几易其稿，到印刷出版时跨度3年，实时2年，任务紧，虽然写得匆忙和粗糙，可我庆幸自己有了这么一次难得的机会。如果说练毛笔字锻炼了我的心性，那么这次创作小说锻炼了我的创造性和耐心。也是这次机会，让我为新一代最可爱的人记载了那一段被国人淡忘的历史，让那些用青春热血和生命捍卫了祖国尊严的军人，停留在我的文字里，让后人记得那一段不可忘却的历史，这当是一件有意义而负有时代责任感的大事情。

近日，再次提起了毛笔，心情恰似久别重逢的故交，令我心生欢喜。我知道，阅读和抒写，都是需要慢慢进行的，它是一种修身养性的过程，它还是留住好时光的一种方法和手段。望着窗外忙碌的人群和车流，想起木心的诗《从前慢》：

　　记得早先少年时
　　大家诚诚恳恳
　　说一句，是一句
　　清早上火车站

长街黑暗无行人

卖豆浆的小店冒着热气

从前的日色变得慢

车,马,邮件都慢

一生只够爱一个人

从前的锁也好看

钥匙精美有样子

你锁了,人家就懂了

  记得第一次读到这首诗时,我发了好一会儿呆,短短12行,仿佛让我回到从前。回望来时路,这一路,我也曾经慢过,在"盼过年"中走过童年,在青春岁月里期望邮递员的到来,哼唱着"真情像草原广阔,层层风雨不能阻隔……"穿越在细碎的雪花里经历一场漫漫相思……从什么时候开始,我们开始走得匆忙?从什么时候开始,我们丢失了那份因慢带来的浪漫?成家立业生孩子,在生活的琐碎中奔波于尘世,特别是当一种叫"网络"和"手机"的东西诞生后,方便了多少人多少事,可这方便,同时让我们遗失了多少美好的过程?

  现代信息网络,一切都在"提速"没有错。可我们又不得不遗憾,有多少匆忙的脚步,忽略了身边的风景?人们似乎再也没有耐心去完成一份相思的美好,没有情趣去抒写一封情书的曼妙,缺少真情去雕琢细节的可贵……做个现代人,是幸福的,也是可悲的。

  自己也是"猴急"现代人中的一员,可我庆幸与文字邂逅,是从不间断的阅读和抒写,修正自己个性中的不足和缺失;是这些仿古的情怀,弥补生活的失落和乏味;从而让性急的自己,在文字的浸润中,让日子慢下来;在手执毛笔中,让生活优雅起来。常常告诉自己,让生活慢一点儿,尽量做到,把古风雅韵,拾掇一些回来……

回娘家"吹牛"

温婉美丽的弟媳送我新长裙,让我想起母亲疼媳妇最经典的一句话:碗我来洗,你去听你姐"吹牛"。

娘家有规矩,嫁出去的女儿回娘家时是客人,所以,从不轻易让回家的女儿做事。我是父母唯一的女儿,哪怕我天天回家蹭饭,也是不许我做任何事的,除非我"吹牛"今天得露一手,那样才让我挥铲露一手。多数时是母亲和弟弟做菜,弟媳和父亲帮忙;我的任务就是,坐在他们的身边"吹牛";天南地北,湖吹海吹,吹得父母其乐无穷,吹得父母乐呵呵地笑;吹得父母时而大笑,时而偷笑。

其实,很多时候,我的湖吹海吹,只是为了逗父母开心,更多的是向父母报告,让父母了解我最近做什么了,有什么事务和活动,做了哪些值得赞许和有意义之事。我的声音大,加之绘声绘色,有时还带动做表情模仿,所以,"吹牛"的气场很足。每每,像听故事一样,听着听着,父母就乐了;听着听着,父母跟着我的表情哈哈大笑。隔时日,我总有"新事物"带回娘家,坐在父母的面前一溜吹开,吹得父母烟消云散,吹得父母会心而笑。常常是，吹着吹着，满桌子的美味摆上了；吹着吹着，弟媳把饭添好端到我手上了……

在此，举两个"吹牛"事例加以说明。

去年七月写下《魂安何处——寻找湮灭在历史烟尘中的国民革命军苏排长》，有关苏排长78年来在当地"显灵"的故事，在娘家吹了个"天翻地覆"，留下"请听下回分解"的悬念。今年春天，总以为，苏排长的亲人是难以找到了，几位寻找发起人于是忙着在清明前为苏排长立碑，可在立碑前，时隔78年，竟然奇迹般地找到了苏排长未曾见过面的、已经83岁仍健在的亲生女儿。湖广两地，通山和罗定，一个苏排长的出生地，一个苏排长的长眠地，一时间沸腾了！那些日子，为了忙碌苏排长立碑、罗定亲人来寻亲等事宜，我整整有一个月没有回娘家，那是一个忙碌的三月，每次母亲来电话让回家吃饭，我都是"没空"，父母似乎很失落。直到忙碌告一段落后，再回家，带回去的，是一次"吹牛"大餐，从苏排长的亲人找到，到两地为竭力寻亲祭拜等细节，早已从电视新闻看到此事的父母，依然听得津津有味，坐着洗碗的母亲，洗着洗着忘记把碗放下了，父亲听着听着，站在母亲的身后"嘿嘿"傻笑，只恨不能也到现场看一看。

前不久，大约有一周没回家，母亲给我打电话，我正开车到温泉，手机在包里没接也没看，直到我再看时，已是从温泉回来后，有娘家座机的几个未接来电，有女儿的未接来电。电话回过去，接通时，母亲在那头，用浓重的老家话，开口便是："吓煞我了！吓煞我了！你的电话从来都是接得最快的，今天的电话几个都没接，打给霏霏，她说打你也没接，真是吓煞我了，吓煞我了！"母亲连连几句"吓煞我了"，让我愧疚地看到，母亲到底有多担心！母亲的所有电话号码都是记在笔记本上的，唯有我的却记在心里。为了给父母压惊，赶紧回去，为他们吹牛。虽然他们早就听我吹过一路学车的艰辛，因为太艰难，父母曾"无原则"地要求我放弃,要知道从小到大的教育可是要我好好学习的。拿到驾照后还没来得及跟二老汇报呢。当得知我是拿了驾照上路练车去了,父母才放下心来。从那以后,只要是父母的电话,哪怕停下车来也得接,怕让父母再受惊吓了。

"听你姐吹牛"一句,来自于某年春节,吃过年饭后,嫂子和弟媳开始忙着帮母亲收拾碗筷,当弟媳要帮母亲洗碗时,母亲手一挥:"不用你帮,碗我来洗,去听你姐吹牛。"至此,"听你姐吹牛",在娘家成了一句娘疼女儿也疼媳妇的经典话语。我常说,最能体现父母"好命"的一点,那就是找了两个贤惠孝顺的好媳妇。

大姐曾多次赞我开会时临场发言来得快,我悄悄告诉她,这得益于在娘家为父母"吹牛"时练出来的本事呢。这雨下的,一日接着一日,好多天没回娘家了,母亲来电话让回家吃饭,看来,该回娘家为父母吹一吹这满世界的雨了……

2016年6月27于凤池山下

遇到过去的自己

身体小恙，去曾经工作过十六年的妇幼保健院做检查。

喜欢怀旧，喜欢一根筋地认人、认事儿、认地方。虽然离开保健院十一年了，人事变迁，物是人非，曾经的面孔有了更迭，可只要有了不适，还是喜欢往那里去。当一脚踏进环境有了大改观的熟悉地，如烟往事，一幕一幕，涌上心头，挥之不去。仍有熟悉的老同事，热情不改，温暖依旧。

在医生值班室，老同事说："无大碍，吊三天点滴便好。"治疗室内，当一位小姑娘喊我阿姨时，有些恍惚，原来是老同事已经长大工作的女儿。粉红色的护士服护士帽，穿戴整齐，高挑身材，甜美笑容；蛾眉淡扫，挺直鼻梁，丰盈厚唇，洁净素颜。轻盈穿梭于治疗室与病房之间，恍若当年的自己。

女孩一边为我扎针，一边说关注了我的微博。一针漏了，复补一针。笑问："为我打针紧张？"女孩答："不是，心情不好，吵架了。"我说："可不能和病人争吵！"女孩低声答："不是，跟他吵，老公。"我讶异："结婚了？看你没多大"。女孩说："是，孩子八个月了。"问年龄，正是我当年工作后结婚不久的年纪，不禁唏嘘。

女孩把我安顿在治疗室有屏风遮挡的桌前，桌前有一束鲜花，桌上竟放有一本《记忆首义之城》，然后开始在我眼前忙碌。治疗台前，几案横陈，瓶罐罗列；分类配制，敲打溶药，针管注入；时而，有新病人拿药来，皮试观察，然后，三查七对。时而，呼叫器呼叫，病房换点滴。每一个环节，专注认真。这些外人看不到的细节，哪一处都不敢有丝毫差错。女孩几乎是在专注与小跑之间，完成一个又一个环节。

好不容易有了一点儿空闲，女孩拿着一摞治疗单，坐到我打针的桌前，一边整理一边和我说话。她告诉我，孩子早就断奶了。我批评她断得太早，这样对孩子不好。她说太忙，上班时没人送来喂，涨退了。女孩又说，老公工作很努力，只是有时付出和得到不成比例，所以有时常常"焦虑"。她说她不喜欢"眼高手低"，也常劝自己"脚踏实地"，她知道，那样才能慢慢地达到期望中的那一天；可焦虑时，会暴躁得乱了方寸，所以她常常告诫自己要心平气和地对待每一天。刚生孩子时，忍痛为孩子换尿片，半夜起床喂奶，自己才从孩子转身而来，却自然而然懂得了对孩子的呵护；有孩子后，经济上常常"捉襟见肘"，当父母看到女儿没有变换衣服花样时，知道女儿是缺钱了，偶尔给钱贴补，她不敢多为自己添衣服，只能默默拿来为孩子添奶粉。感觉结婚后，愧对自己的父母……女孩边说边流泪，说话用词，十分准确，令我刮目相看。当说到愧对父母时，竟双手掩面而泣。正哭着，有病人换液体，擦擦泪，小跑而去。徒留我抑制不住，悲从中来！她掩面而泣时，分明还是个孩子，一个二十三岁的孩子……

在她身上，我看到了当年的自己。在娘家做无忧无虑的娇娇女，为了爱情，不顾劝阻，义无反顾，嫁为人妇。孩子的到来，生活的负累，工作的烦忧，感情的跌宕，哪一样不是"千锤百炼出深山"，才有了抵御各种风雨侵蚀的能力。

散落在天涯

——《守望木棉花》作者说《芳华》

从九月开始说《芳华》，终于在这个寒冬，两次走进电影院。第一次是昨日晚上，女友夫妇请我一起看。第二次是今天上午，受七八届参战老兵之邀，与一百多位老兵一起，以一种缅怀的方式再次走进电影院。进场时，看到一位身穿家居服的老兵，为孙子手提输液吊瓶，祖孙三代一起坐在老兵中间，那时候的我，心情是复杂的。电影开始前，战友负责人先感谢我参与，然后齐声唱《战友之歌》。因为事先看过一遍，知道真正讲到他们在战场的镜头画面不过几分钟。我在想，是什么让这些老兵对一场电影如此期待？

眼前的老兵，曾经的青春年华，投身在报国战场上，如今已是两鬓斑白的暮年男子，而有一部分，青春和生命，永远留在了远处的战场。然而，30多年过去了，关于那代军人的记忆，除了当年以《高山下的花环》为代表的文艺作品，30多年来，几乎集体沉默。无论是媒体还是文艺作品，影视更是无人问津。总是部分老兵以自慰的方式写一些回忆文字。难道，这就是他们期待《芳华》的原因？他们的青春，被遗忘得太久，那些带着热血的记忆，一直存封在如烟的往事里，默默在自己的平凡里安于平凡。

有意思的是，30多年来，鲜有人关注的他们，却让我这个最基层的业余写作者，懵里懵懂，一头撞进越战老兵的群体。那是2010年，机缘巧合，接受老兵邀请，为他们写一部小说，随他们进军营到边境，上山下乡采访数百位老兵，2012年完成长篇小说《守望木棉花》，以这种方式，祭奠那段青春。

电影以文工团为切入点，画面美不胜收。而我笔下以一群从大山里走出的年轻人，怀揣理想走进军营为主线。无论是文工团还是大山里，他们共有一个称号，那就是军人。以刘峰为代表，比雷锋还好的好人，展开故事。以何小萍不受待见，受欺负无温暖的人情冷暖，以人性的拷问，故事，一步步进展。

活雷锋样的好人刘峰，因为爱的不能自制，向那个颇有心机叫林丁丁的姑娘表白不成，反而成"猥亵"，接受审查，诱惑交代，人性的自私和悲哀，让刘峰彻底失望。一个有美德和好事干尽的人，却因为爱而不被理解，他保持着自己爱的权利和爱的沉默，命运急转，下放到别处，从而走上战场。

"一个不被善待的人，最能识别善良，也最能珍惜善良"。当何小萍送刘峰，一首《送别》响起，那一刻的画面，除了悲凉，还有善良对善良的认可与持恒。

在文工团受尽欺负的何小萍，因为好人刘峰事件，对人性的失望而犯犟，最后也被下放到前线医院。残酷的战争打响，何小萍护理的小战士，全身烧伤的石林峰，仅只十六岁还没有来得及谈一场恋爱的男孩，让我想起《守望木棉花》里，我刻意保持了十位烈士真名之一的黄光明，他也是遭敌人伏击后被活活烧死。还有我笔下的其他九位烈士，都是以

18岁到21岁的青春年华,在那场战争中永远定格。

战争结束后,何小萍的精神崩溃,让我想起我的小说开场的"引子",战争后回家得了"战争综合征",不论年节,不分白天黑夜,时刻喊着"冲啊杀啊"的老兵方家安。他是我在小说里除了十位烈士之外,唯一一个保持了真名的角色。

文工团解散,社会变革,铁打的营盘流水的兵。电影时间很快跨到刘峰在海口受联防队的欺辱,发生肢体冲突时,刘峰的假肢被扔到街上,那一刻,我开始哭泣。当女战友捡起假肢,骂着"我×你妈,打残疾军人,战斗英雄。"我难以抑制地放声抽泣。第一次和女友一起哭,第二次和老兵们一起哭。我想起写《守望木棉花》时,接受我采访的老兵王武松,踩了十年"麻木"(当地的一种三轮车)受了无数委屈的三等功臣,当着我的面,几度哽咽泪流;想起那个在我小说里为了生存,踩着"麻木"多次受欺负挨打叫阮峰的老兵。

电影接近尾声,刘峰、何小萍坐在小站的长椅上,当何小萍问刘峰这些年过得好不好时,刘峰说:"什么叫好或不好,看跟谁比。和躺在陵园的弟兄比,我敢说不好吗?"这样的话,也是我在采访老兵时听得最多的。他们常说,和牺牲的战友比起来,已经多活了几十年,所以受委屈时,能忍的时候就忍吧。

从九月到十二月上映,《芳华》不仅热在老兵,同时两度热在微信朋友圈和各大媒体。有人说,这是冯导为纪念自己曾经的部队文工团生活,一次别样的致青春;也有人把《芳华》分解成职场惨案式的"好人无好报"。总之,众说纷纭。而我写下这些文字,并非影评,是感触和比较。是《芳华》和我笔下《守望木棉花》里的人物相似的命运,以及老兵之间的一脉相承,同时对善良的认可与坚守。

世上有朵美丽的花

那是青春吐芳华

铮铮硬骨绽花开

滴滴鲜血染红它

……

世上有朵英雄的花

那是青春放光华

花载亲人上高山

顶天立地迎红霞

……

电影结束了,老兵们拭着泪站起来离场。影片最后以电影《小花》的主题歌结束,既是致青春,也是给再也回不去的青春一个沉湎的怀想和喟叹。

青春的芳华,散落在天涯。无疑,《芳华》上映在寒冬,是给这些散落天涯,进入暮年的老兵们一个温暖的拥抱!

2017年12月19日于凤池山下

尘世里的归宿

从少女记日记开始，算来，已写了 30 多年；自文字第一次变成铅字，也有 20 多年。这一生，对读与写的爱，早已浸在血液里，随着我的生命流淌。可我懂得，文字的高度永无止境，更高的高度是需要天分的，如我之平凡，能有爱，对文字之爱，已是幸运。从少女成长到成人，读与写，当是心灵的需要。

记得 2003 年我的第一本文集《中国红》出来时，看着父母戴着老花镜，一人捧着一本我的书开心而认真阅读时，那一刻，我体会到了另一种孝的方式，父母衣食无忧，他们看重子女的生活质量和精神空间。有一段时间，我好像是在为父母而写，写父母，写亲朋，写远逝的上一辈亲人，同时记录生活中最底层的小人物，以文字换得父母的欢笑，让父母看到我传承了他们与人为善的德行，让他们欣慰开心的同时，知道我的精神世界是富有的。而后相继出版了 20 年日记整理的《一路走来》，散文集《不争》《禅意·火花》。那些文字里，有我的父母和亲朋好友，有我父母熟悉的生活和往事，让他们欣喜地看到，他们唯一的女儿没有白疼，也没有被宠坏。

2011年，在咸宁周刊总编辑郑安国先生的策划下，开辟了一年"本来生活"专栏，一直给自己定的标准是"做一流的家庭主妇，做二流的业余作家"。因为，我本活在生活中，没有人离得开烟火人间和实实在在的生活。

写专栏的那一年，也正是我接受任务创作长篇小说《守望木棉花》的一年，写的过程中，对近百位老兵和烈士家属的采访，两次到边境采访体验生活，一次次地感动着我，让我懂得了一个文化人的担当，对社会对生活的担当。小说中有10位烈士，我刻意保留了真名，只为让更多的后人不要忘记他们，记住那段历史，记住他们，是他们，在特殊时期，为了捍卫祖国的尊严和人民生活的安宁，冲锋陷阵，献出青春热血和生命。让后人对他们产生敬意的同时，感悟今天的安宁来之不易，同时思考，当国家需要的时候，扪心自问，是否可以像他们那样，义无反顾勇往直前视死如归？

近些年，我常对两个女儿说，你们亲眼看到妈妈每天的生活，总是把所有家务活做好、料理好你们之后，才到书房去做我的那点小爱好，我在为你们做一个母亲应尽责任的同时，我也想成为你们的榜样，虽然我也有缺点，不可能尽如人意，但我始终做到了，做一个有梦想有追求不浪费时间的人，不做低级趣味之事，行走在光明正道上努力演好自己的角色，没有无聊没有空虚；除了真心爱这份爱好，我还想着能为你们留点什么，留下一个母亲除了物质财富之外的东西，让这份东西在将来的岁月里，能让你们记住或感悟一些什么。

现在想来，我似乎在有意识地为女儿写。因为，终究有一天我会离开这个世界，离开一个母亲永远放心不下的孩子，这是每一个人无法回避的课题。我要让我留下的东西继续陪伴我的孩子们，让这份陪伴成为来自灵魂深处的陪伴，让她们觉得妈妈永远在她们身边不曾离开过，通过对那些文字的阅读，重新看到和妈妈在一起的日子，重回那些熟悉的生活和难忘的亲人，让他们在怀念妈妈的同时，再次体悟到妈妈的用心良苦，让她们在千帆过尽、历经风雨之后，懂得这才是一笔真正的财富，是一份比无私更有意义的爱，是一条永远不会枯竭的河流，带着思念去远方。以通过阅读妈妈文字的方式，让她们回到和妈妈在一起的岁月里，看到一位母亲做人做事的真诚与过往……

2015年开始创作长篇小说《玉竹谱》，小说从民国1914年到现在，以三代母亲跌宕命运的故事，串联起百年来的中国历史，讲述家风的传承，传统文化的丢失，以"礼失而求诸野"的追求和担当，唤起社会良知和责任的重要。

人生一世，草木一春。爱恨情仇，皆是浮云。

综上所述，唯有抒写，是我在尘世里最终的归宿。以抒写的方式，抵达心灵的远方；以抒写的情怀，到达爱的境界；用抒写，传播向上向善的美好；用抒写，为自己在尘世里留住一抹书香的味道；让自己百年之后，隐匿于文字的沙海里，让我的子孙去探究和跋涉……

满屋书香慰平生

家里随处是书。

除了书房、客厅、卧室、沙发,甚至卫生间,不同地方,放着不一样的书,方便自己和孩子们随手拿来阅读。书与书的阅读方式和位置是有所不一样的,有的书适合斜靠在沙发上随意读,卫生间也可以因为享受一篇美文而忘我;有的书则是枕边物,有了她的存在,于是有了古人"青灯黄卷"之气息;而有一类书,一定只能在书房的案前阅读,并且十分虔敬地,拿着笔,一边读一边做记号,需要特别认真和用心去品尝,而且一次不能读得太多,否则难以品出个中滋味。比如,我的书桌前,有《南画十六观》《高僧传》等。这类书,很厚很重,不宜捧着读,只能放在桌前,也不能读得太快,一天品读一到两页,慢慢地,如品一杯香茗,让字里行间的精华,一点一滴,浸润到心里。一天读一点儿的累积,是养心的收获。

每每是,把所有家务做好,然后开始安静地读与写,从不敢轻易浪费光阴,让自己过得无比充实的同时,也引导孩子阅读。自己读到好的文章或书籍，便推荐给孩子，让我们共同感受，因阅读传统文化带来的春风化雨般的教化。

在办公室，工作上的事处理好后，会把计算机上的音乐调到最低音，边听音乐边阅读。办公室案前，同样有各种各样可供阅读的书籍报刊，总是择其善者而读之，让我受益着美好。一部朋友赠送的《圣经》，放办公室里，一天读一页；一本林语堂的《苏东坡传》，是在办公室利用空余时间读完的。东坡居士的一生，跌宕的命运和豪迈的家国情怀，常常感动着我，他的才华，与他至情至性的性情是分不开的，他的诗词，除了美好与豪迈，更能让人受益着不同程度的教育。

最喜那句"纵横忧患满人间，颇怪先生日日闲"。他上忧朝廷，下忧国民，被贬海南时，当地在他来之前没有出过一个进士，他在海南为村民传授知识，写下"沧海何曾断地脉，朱崖从此破天荒"。史有记载：苏东坡在海南短短三年间，他劝农兴学促文化，使儋州地区"书声琅琅，弦歌四起"。在他走后的第三年，琼山人姜唐佐成为海南第一个举人；他走后第九年，学生符确成为海南第一个进士，填补了自隋朝科考以来海南无进士的空白。读到这，不禁泪湿，为一个读书人对身边人和一个地方的影响，那种散发着巨大能量的可贵。海南人因东坡而有福了！

多年前，梁晓声老师曾经在读了我的几本小书后给我写来书信，其中有这样一段话：……比起来，你其实是幸运的。你的职业性质，使你有较多的时间和精力亲近书籍，亲近写作这一件事。幸运要被意识到才是幸运。你不但意识到了，而且对此心怀感激。这是你令我刮目相看的……梁老师的话，提醒我作为一名"国家干部"（母亲的话，她老人家常说国家干部要有国家干部的样子）的幸运和幸福感！

从小，母亲常说"活到老学到老，还有三样没学到。"其实，在漫长的一生中，特别是这样一个信息爆炸的时代，又何止三样没学到呢？每天都有新事物让你去学习和接受，稍一打盹，你可能就被淘汰落伍了，一如年轻人说的"out"了。

在我的人生路上，接受新事物的同时，从来没有放弃过传统阅读，那种手捧书香的美好与宁静，是可以穿越时空带你去远方的，同时让你看到自己的卑微，从而用爱与恩慈去修正不完美的自己。唯有阅读是永不过时的生活娱乐，唯有阅读是给予和受益；通过阅读，令视野开阔，让你看到历史，看到不同人物的命运，透过书本中的人物命运给自己以启迪和反思。此刻，不禁想起朱熹的诗句：少年易老学难成，一寸光阴不可轻。未觉池塘春草梦，阶前梧叶已秋声。

在有限的人生里，能与阅读相伴同行的人，是幸福和幸运的；好的阅读可以引导你心灵的走向，让你懂得向善向上的温暖；让你知道，是人行正道有多么重要。在平凡的一生里，还有什么比得上满室书香的熏绕，来得更有味道？

2016年4月23日读书日于凤池山下

提高现代文阅读和写作成绩的金钥匙

倪霞作品
阅读试题详析详解

尘世里的归宿

从少女记日记开始，算来，已写了30多年；自文字第一次变成铅字，也有20多年。这一生，对读与写的爱，早已浸在血液里，随着我的生命流淌。可我懂得，文字的高度永无止境，更高的高度是需要天分的，如我之平凡，能有爱，对文字之爱，已是幸运。从少女成长到成人，读与写，当是心灵的需要。

记得2003年我的第一本文集《中国红》出来时，看着父母戴着老花镜，一人捧着一本我的书开心而认真阅读时，那一刻，我体会到了另一种孝的方式，父母衣食无忧，他们看重子女的生活质量和精神空间。有一段时间，我好像是在为父母而写，写父母，写亲朋，写远逝的上一辈亲人，同时记录生活中最底层的小人物，以文字换得父母的欢笑，让父母看到我传承了他们与人为善的德行，让他们欣慰开心的同时，知道我的精神世界是富有的。而后相继出版了20年日记整理的《一路走来》，散文集《不争》《禅意·火花》。那些文字里，有我的父母和亲朋好友，有我父母熟悉的生活和往事，让他们欣喜地看到，他们唯一的女儿没有白疼，也没有被宠坏。

2011年，在咸宁周刊总编辑郑安国先生的策划下，开辟了一年"本来生活"专栏，一直给自己定的标准是"做一流的家庭主妇，做二流的业余作家"。因为，我本活在生活中，没有人离得开烟火人间和实实在在的生活。

写专栏的那一年，也正是我接受任务创作长篇小说《守望木棉花》的一年，写的过程中，对近百位老兵和烈士家属的采访，两次到边境采访体验生活，一次次地感动着我，让我懂得了一个文化人的担当，对社会对生活的担当。小说中有10位烈士，我刻意保留了英雄的真名，只为让更多的后人不要忘记他们，记住那段历史，记住他们，是他们，在特殊时期，为了捍卫祖国的尊严和人民生活的安宁，英雄们冲锋陷阵，献出青春热血和生命。让后人对他们产生敬意的同时，感悟今天的安宁来之不易，同时思考，当国家需要的时候，扪心自问，是否可以像他们那样，义无反顾勇往直前视死如归？

近些年，我常对两女儿说，你们亲眼看到妈妈每天的生活，总是把所有家务活做好、料理好你们之后，才到书房去做我的那点小爱好，我在为你们做一个母亲应尽责任的同时，我也想成为你们的榜样，虽然我也有缺点，不可能尽如人意，但我始终做到了，做一个有梦想有追求不浪费时间的人，不做低级趣味之事，行走在光明正道上努力演好自己的角色,没有无聊没有空虚;除了真心爱这份爱好,我还想着能为你们留点什么,留下一个母亲除了物质财富之外的东西,让这份东西在将来的岁月里,能让你们记住或感悟一些什么。

现在想来,我似乎在有意识地为女儿写。因为,终究有一天我会离开这个世界,离开一个母亲永远放心不下的孩子,这是每一个人无法回避的课题。我要让我留下的东西继续陪伴我的孩子们,让这份陪伴成为来自灵魂深处的陪伴,让她们觉得妈妈永远在她们身边不曾离开过,通过对那些文字的阅读,重新看到和妈妈在一起的日子,重回那些熟悉的生活和难忘的亲人,让他们在怀念妈妈的同时,再次体悟到妈妈的用心良苦,让她们在千帆过尽、历经风雨之后,懂得这才是一笔真正的财富,是一份比无私更有意义的爱,是一条永远不会枯竭的河流,带着思念去远方。以通过阅读妈妈文字的方式,让她们回到和妈妈在一起的岁月里,看到一位母亲做人做事的真诚与过往……

2015年开始创作长篇小说《玉竹谱》,小说从民国1914年到现在,以三代母亲跌宕命运的故事,串联起百年来的中国历史,讲述家风的传承,传统文化的丢失,以"礼失而求诸野"的追求和担当,唤起社会良知和责任的重要。

人生一世,草木一春。爱恨情仇,皆是浮云。

综上所述,唯有抒写,是我在尘世里最终的归宿。以抒写的方式,抵达心灵的远方;以抒写的情怀,到达爱的境界;用抒写,传播向上向善的美好;用抒写,为自己在尘世里留住一抹书香的味道;让自己百年之后,隐匿于文字的沙海里,让我的子孙去探究和跋涉……

1．请用几个小标题概括本文。

2．本文是按什么顺序行文的？

3．怎样感悟今天的生活来之不易？用第4自然段的句子回答。

4．请简要抒写"我"的"归宿"的含义。

参考答案：

1．A．心灵的陶冶；B．孝道的传承；C．生活的再现；D．责任的使然；E．育子的担当。

2．时间顺序。

3．"为了捍卫祖国的尊严和人民生活的安宁，英雄们冲锋陷阵，献出青春热血和生命。"

4．抒写是"我"的归宿，以抒写的方式，抒写的情怀，抒写向善，抒写历史，抒写成为子孙后代的一笔精神财富。

当阅读已成习惯

床头日记本里的某一天，记有这样一段话：今天早晨的"卫生间阅读"，让我记住了一个叫"潘玉良"的女画家，以及她悲怆的身世和坎坷的一生，十分感动。

15岁开始记日记，已成为生活中的习惯。阅读，是从"小人书"开始的，应该比记日记更早，它不但是一种习惯，已然是生命中的一部分。从少女时代起，一直是《读者》的忠实读者。

随着年龄的增长和阅读层次的加深,《读者》从最初的床前阅读转换成了家里的"卫生间文化"和"沙发文化",信手拈来便是一个故事和一份感悟。

少女时期读唐诗宋词,读杂志读三毛。少妇时期以小说为主,读得多的是巴金、老舍、冰心、茅盾……30岁以后读左拉,读张承志,读钱钟书,读梁实秋,读辜鸿铭,读卡夫卡,读陕西作家群,读湖北作家大军……进入不惑时,喜欢一些淡定又富含哲理的书,同时爱上了佛教文化的阅读:《西藏生死书》《心灵神医》这两本是值得终生阅读的好书,特别适合睡前阅读。而《心经》《六祖坛经》《金刚经》等,更是常读常新常感悟的佛教典籍,滋养心灵,感悟人生。

一路走来,一路读来,好书太多,多得让你只觉得时间不够。写过不少关于阅读感悟的文字,有一篇《书香一路》中有这样一段话:一路走来,读的书更多了,包括古今中外不同的名家名著都有所涉猎。虽然只是粗略地读,可开阔了我的视野,见识了不同的朝代,看到了不同人物的命运……在一篇《那些让我感动的文字和流泪的故事》里,我写道:感动的文字太多,流泪的故事不少。世上的好书太多,一个人,一生要读多少书,还要看读者与作者的缘分。

有几本杂志订了许多年:《散文》《小说月报》《读者》。他们,永远与时代的脉搏一起跳动,你不能不读。

于我,天天该是读书日。一天不读书,我的心灵就会荒芜,我的思想就会呆滞;一天不读书,我的生活就会无味,我的精神便没了寄托!在读的过程中,不同时代的故事和不同人物的命运,让我懂得为人不易,生存不易,做个勇往直前的好人更不易。

喜欢几句话：一个不读书的民族，是没有希望的民族……桌上书堆便是富，樽中酒满不为贫……再清寒的读书人，阻挡不了言谈中的书香……

我陶醉在文字带来的快乐里。没有空虚来扰，没有无聊来袭。我充实在文字的海洋里，唯恐渺小不及，唯恐努力不够。因为读与写，内心深处的坚强，如磐石，坚不可摧。同时滋养着我，使我柔软多情、善良真诚、温存美好。让我懂得去爱，去付出；懂得谦和进取，懂得不争又努力。

没有什么能够阻挡我快乐地生活下去，而文字，恰恰是架起我通向快乐的桥梁；没有什么能够阻挡我对读与写的爱，这爱，正是为之不竭的源泉……有了读与写，阳光灿烂，和风细雨。哪怕严寒酷暑，她带来的也是温暖与沁凉。读与写，让我知道责任的美好、道义的重要。让我懂得珍爱每一件物的渺小，每一份情的珍贵，每一份日月的静好。

当阅读已成习惯，它已是我心灵的需要，是生命存在着的无限理由……

1. 作者不但自己爱读书，还为我们介绍了好书，请你也为大家介绍几本好书，供大家阅读。
2. 请你帮同学积累几条有关读书的名句。
3. 女作家倪霞为我们推荐了哪几本好书刊？你想对作家说一句什么话？
4. 读完本文，你有哪些阅读的好习惯，请用50个字左右写出来。

参考答案：

1.《鲁滨孙漂流记》《钢铁是怎样炼成的》《少年维特的烦恼》《居里夫人》《傅雷家书》《三国演义》

2．为中华之崛起而读书——周恩来

读书是学习，使用也是学习，而且是更重要的学习。——毛泽东

读书破万卷，下笔如有神。——杜甫

书是人类进步的阶梯。——高尔基

理想的书籍是智慧的钥匙。——列夫·托尔斯泰

3．《西藏生死书》《心灵神医》《散文》《小说月报》《读者》。您好，谢谢你的厚爱，从此我也会像您一样热爱读书。

4．中午放学了，回家等妈妈在厨房忙好后，喊出一声"吃饭了！"就放下书，去端菜盛饭，晚上作业做完了，上床前我一定要读一会儿书。假日里，我会抽空去新华书店一坐就是半天，我就是这样如饥似渴地读书。

李陵殇

风一更，雪一更。聒碎乡心梦不成，故园无此声。

——纳兰性德《长相思》

蹚过历史的河流，穿越岁月的烟尘，漫漫战火硝烟处，李陵常常入心来！

李陵一定是英武潇洒的，从他祖父飞将军李广的身影里，

7

能窥见他的英姿。他深入强胡,以少敌众;他"振臂一呼,创病皆起"的将领风范,令人敬仰和爱戴。李陵肯定是儒雅又博学多才的,《答苏武书》的字里行间,情溢于心,才溢于文。让人喜读而不忍,让人伤怀而悲叹。

以五千兵力对敌十万将骑,是神,也难以取胜。然,李陵领军殊死搏斗,让匈奴畏而不前。在缺将伤残援兵未至时,遭贼臣告密,最终落于单于之手。李陵本想忍辱蓄势,待卷土重来,再立功勋。可是,君主却等不及,等不及李陵可照日月之心。他需要的是胜利喜讯,而得到的却是失败之信;他听信谗言,只认失败的事实……

李陵败了,降了!"何图志未立而怨已成,计未谋而骨肉受刑"。君主不留一点情面,不看几代李家人为国立功捐躯的功绩,以投贼罪置李陵老母妻儿于死地,李陵怎不悲痛而心伤?

在李陵初胜时,捷报传来,满朝文武举杯贺之;当李陵败时,举杯者个个报以沉默,甚至落井下石,进献恶语,无一人为其开脱,无一人看在祖父李广的面子和功劳上,只有交往不多的司马迁为其辩解,因此而受牵连落入大牢,最后遭宫刑耻辱之大难。李陵心,怎不伤?

捧读的我,傻傻地想,李陵荣时,应与司马迁为友,因为共同的性情。可是,一文一武,却少有往来,皆因志趣不同。这一对"伯牙子期",却错过了高山流水的相遇,只待来生再续缘。

"凉秋九月,塞外草衰,夜不能寐,侧耳远听,胡茄互动,牧马悲鸣,吟啸成群,边声四起。晨坐听之,不觉泪下"。

这,该是李陵后来在匈奴苟且的生活吧。李陵伤了,痛了,亲人阴阳相隔,故国不能归。塞外旷野,在尘沙漫漫的迷茫中,凄泣的箫声，呜咽的胡笳，牧马的嘶鸣，那个仰天锥心之痛的英雄才子，在异域寒风中的悲惨与伤痛，让人心有不忍。

"相去万里，人绝路殊，生为别世之人，死为异域之鬼"。

悲哉，李陵。生不能还故乡，死只能为他乡鬼。痛哉，李陵。英雄半生飘零落，凄惶复心伤。山水遥望，夜灯孤枕，梦不成，故园朗朗声……

不合时宜地想起，2009年中巴联合营救遭塔利班绑架的中国人质；想起解救遭索马里海盗劫持的中国人质；想起全国人民悲痛接回，在海地地震中遇难的维和英雄们的场面……

时代不一样，事件不一样，不可比。可我却想，如果，李陵生在当今，他，又会是怎样的呢？

1. 你是否知道纳兰性德《长相思》的上阕，本文引用用意何在？
2. "单于"怎么读？它的意思是什么？
3. 运用你所学的史学知识，简述司马迁及《史记》。
4. 文尾作者的疑问，有何深意？

参考答案：

1. 山一程，水一程，身向榆关那畔行，夜深千帐灯。作者引用纳兰性德这首词，意在写景中寄寓思乡的情怀，为本文羁旅生活，杀敌报国的李陵定下了凄婉幽愤的感情基调。

2. Chán yú，单于是匈奴人对他们部落联盟首领的专称。

3. 司马迁，西汉伟大的史学家，文学家和思想家。只因为李陵说情，触犯汉武帝，被处宫刑，关入监狱。司马迁忍辱负重，13年后出色完成《史记》这部纪传体通史的撰写，实现了自己生命的最高价值。

4．李陵无疑是战功赫赫的大将，历史不能重演，如果他生在当今，至少会客观看待他的功过，更不会祸及他的家人（此为客观题，言之成理即可）。

玫瑰开在耳垂上

那天和女友赏完樱花后便去逛街，看到琳琅满目的耳环，一口气买下好几对，每一对各有特色，可每一对又有一个共同点，那就是每一个环上都悬佩着一朵玫瑰花，十分亮丽可爱。

自小，母亲常说："千打扮万打扮，不抵耳朵戴对襻"。这里的"襻"是乡音，该是垂挂和攀附的意思。可我从未见母亲佩戴过耳环，母亲的耳垂上，细细的耳洞，一直闲置着。母亲一生简朴勤劳，生活再困难，母亲从来没有让我这个唯一的女儿感觉到过，总是冬暖夏凉地呵护着。

18岁那年，母亲的同事用医院里的止血钳夹着弯弯的手术针，在我圆润的耳垂上"挖"了一对耳洞。母亲说，这么好的耳垂是用来戴耳环的。而母亲小时候的耳洞，则是用绣花针穿成，不用任何消毒，但要选择农历正月十二这一天来穿，穿耳洞前先要用手指捏搓耳垂至麻木，带有绣花线的针一针穿进，用绣花线打个结，日久便成了。

时代不同穿耳洞的方法也不一样了。现在的女孩，基本上是用激光或那种专用来打耳洞的枪，一枪下去，"耳钉"也就戴在了耳垂上；有的女孩一穿就是一排，在耳郭上闪耀着一份别致的美丽。也有男孩子戴耳环。古时候男人戴耳环者有之，以少数民族的男子为多，那时候的汉族男孩要是戴耳环，多数是算命先生说这男孩命里不好养，需要戴上耳环圈着好长大。现在男孩耳垂上的耳环，多半只是一种时髦的象征了。

母亲常说，世界上没有丑女子，只有被好吃懒做丑化了的女人。女人只要干净整洁，勤劳好学，自然就好看了，如果再配上一对恰到好处的耳环，韵味也就出来了。

爱干净整洁，爱耳环爱臭美，成了我一生不变的奢好。无论走到哪里，小饰品店和地方特色古街，一定是我最爱的去处，一定会淘得心爱之物件，不求穿金戴银，但求一刹那的心仪和欢喜。所以，我拥有不同时期来自全国各地的特色耳环，可够开一个小耳环店了。常常是，不同耳环配着不同的服饰，穿戴出一份环佩叮当的美丽，和一份舒爽的心情来。

母亲还常说一句与耳朵有关的话语："花花世界里，女人切忌软耳朵根听人唆使，要坚定自己的主见和生活。"母亲的一生，坚定自己的生活和主见，让大家庭日益昌盛。

无论哪个时代，都有花花世界，女人常常要用耳垂上的美丽来拒绝不同时代的流言蜚语入侵大脑，让耳朵接上地气，稳住属于自己的生活方向，拒绝和傲视生活中所不齿的一切。

女人的一生有爱，最重要的一项便是爱自己。

这一生，让玫瑰次第开在耳垂上。愿这世上的每一位女子，都能够让玫瑰开在耳垂上，从而幸福知足和感恩。

2011年4月14日于凤池山下

1．画出为什么"我"一口气买下好几对"耳环"的句子。

2．"我"爱耳环与谁有关？依据是什么？

3．如何理解"女人的一生有爱，最重要的一项便是爱自己"这句话？

4．从标题看，代表文眼的字是什么？这个字好在哪里？

5．在"母亲"眼里，哪样的女人，才是合格的女人？

参考答案：

1．那天和女友赏完樱花后便去逛街，看到琳琅满目的耳环，一口气买下好几对，每一对各有特色，可每一对又有一个共同点，那就是每一个环上都悬佩着一朵玫瑰花，十分亮丽可爱。

2．母亲。"母亲常说"，"母亲常说"，"母亲还常说"。

3．女人要自尊自爱，只有这样才能自信，自强自立。做一个自强的女人，成功女人应该具备的素质气质和能力。

4．"开"字。这个字生动形象地突出生命如花，写尽女人的美丽、善良、自信、有主见，有思想。

5．干净整洁，勤劳好学，落落大方。自尊自信，爱美有主见。

书香一路

少时在学堂读书，印象最深的是，老师挑着箩筐把新书挑来了。拿到手的书，那种泛着淡淡油墨味的书香可以把小小的我熏醉。捧着新书，把整个脸埋到书页里，嗅了又嗅，那种感觉，太妙了!

读故事书是从小人书开始的。四分之三的画面,四分之一的下边是每一个画面的故事内容,可谓图文并茂,十分喜欢,也易懂。记忆最深的有三本。相继是《披荆斩棘》《总理与我们心连心》,还有一本是日本电影《人证》。

前者是因为这几个字让我感到很拗口,因为拗口反而很深刻地让我认识了"荆棘"两个新字;再者是因为封面的色彩极其美丽,各种穿着不同服饰的不同人物带着笑容,围着身穿中山服、笑靥慈祥的周总理。现在想来,那画面就是温馨与和谐。后者是故事中的母亲亲手杀了自己的儿子,让年少的我煞是震惊和不解。后来那部电影我看了,那首悲怆的"草帽歌"此生不忘。

那时,断断续续我拥有了几十本小人书。常常会想,哪天也可以把我的小人书拿到街上摆个书摊租给别人看,那样就可以用租来的钱再去买书,还可以常常吃上甜甜的冰棒。后因父母工作的调动,几次迁徙,我的小人书也失落了一部分,书摊没摆成,倒是在小人书中的我已渐渐长大,再也不仅只满足于读小人书的需求了。

后来开始读杂志。那年月读得最多的是《知音》《读者文摘》(现在的《读者》)。也读《散文》《雨花》等。当然也能读到一些报纸的副刊。偶尔也会借到《人民文学》《芙蓉》《名人传记》等篇幅较长的小说来读,虽然有些故事并不能完全理解。

少女时期爱上了读诗词,最爱是宋词。一男孩知道我喜读书,不知从哪里弄来一本《宋词小札》借给我,如获至宝。一向诚信不贪小便宜的我,那本书却迟迟未还,最后据为己有。不过在扉页上写了一句"倪霞'混'来书"。既为了永久拥有,更为了平衡自己那颗不安的心。这本书至今仍在我的书橱里，尽管后来我拥有了更多自己所买的不同版本的诗词类书，但这本却是我倍加珍视和爱惜的。不仅因为得来不易，更因为它充实和陪伴了我无数个多愁善感的青春岁月。

一路走来，读的书更多了，包括古今中外不同的名家名著都有所涉猎。虽然只是粗略地读，但开阔了我的视野，见识了不同的朝代，看到了不同人物的命运。慢慢地，自己也拥有了不少书，曾经因为不愿借书给人，落个"守书奴"的美称。

曾经随在武大读书的侄女听了一堂武大文学院院长樊星主讲的"改革开放三十年来的中国文学"。其中提到的代表性文学作品，有一半是我读过的，对于一个没有上过大学，仅只读过卫校的我，有一刻，我感到了爱文字给我带来的欣慰和自信。

触动我的文章与故事，太多太多，难以一一枚举。在读的过程中我记了大量的读书笔记。读初二时开始记日记，一记便是二十多年不曾中断过。做这一切，没有人给予我任何任务，更谈不上强迫。

一直是爱！

一份对文字情有独钟的爱，让我不知不觉地完成一本又一本书的阅读和感悟。影响我不知天高地厚也提笔写文章的，该是读三毛。她那份浪漫的气息、潇洒的文字和异域的风情，一直是我骨子里向往的。拥有她所有文字的不同版本多套。所以我也喜欢写游记，尽管我的游记写得不"咋的"，可是那个过程，我实实在在地享受着。

在生活上给我警醒的当属法国作家左拉的《小酒店》。故事中女主人公的丈夫本是一个勤劳的工人。只因一次意外事故，休长假后的他竟彻底变成了一个懒惰颓废之人。最后与妻子一起在"好吃懒做"中让整个家庭慢慢衰落。

给我的感触是，丧失了对生活积极向上之心的人，多么可怕！当时看读这部小说，读得极慢，极不容易，总是感觉文字有些疲沓，还有一种阴暗潮湿之感常常袭来，是我不喜欢的。压着自己慢慢读下去，没想到留下的感悟却也是最深的。

这就是文学与书的魅力。

以《小酒店》主人公为例，生活上遇到再大的困难，我总是告诫自己，一定要精神不垮，勇往直前。如果精神垮掉了，生活也会垮掉无疑。

近两年爱读佛教类的书。2007年从西藏获得《西藏生死之书》《心灵神医》。两本好书让人心净地看到一个不同的世界。

通过网络，在我读的视野里，看到了不同的色彩。同时，世界近了，距离短了，可读的书更是让人眼花缭乱。同时，让我深深懂得，书海、人海、网海、山外山，强中手……一切的一切，我只是一粒沙、一颗尘、一滴水、一缕风，如此平庸，如此渺小……

1．你可知道宋词的派别及代表人物？
2．从作者混书看出作者爱书，"读书人，窃书不为盗"（孔乙己）你有过这样的经历吗？
3．你是否做过读书札记，摘几句下来，供大家分享。
4．文如其人，"我只是一粒沙、一颗尘、一滴水……"如何看待作者的小我观。

参考答案：

1．A．婉约派代表人物：柳永、晏殊、李清照等。

　　B．豪放派代表人物：苏轼、辛弃疾、张元幹等。

2．如：我也混过一本《诸葛亮》，但我的书被混进去的更多，找不到我心爱的书，又不知借给了谁，常常心里恨得痒痒的。但事后又原谅了爱书人。

3．世界以痛吻我，要我报之以歌。当你为错过太阳而哭泣的时候，你也要再错过群星了。纵然伤心，也不要愁眉不展，因为你不知是谁会爱上你的笑容。——泰戈尔《飞鸟集》。

4．功夫在诗外（陆游说）。作者的小我观正是体现大千世界里的大我博爱之胸怀，从写作者来说，从小见大是一项重要的功夫。

祖先的光芒

师友们聚餐，后窗外，居民房前，有一棵孤寂挺拔的绿树，枝头花开数朵，地上残瓣片片，惊问不知是何树。女友说是"泡桐树"。泡桐即梧桐是也，但，一定有别于"法国梧桐"。

我们的对话，让正吃酒的云石老师听到，于是回头观窗外，兀自来了一句："寂寞梧桐锁清秋。"转身又吃酒去了。

好一个"寂寞梧桐锁清秋"。让窗外的孤寂和缤纷，让所有的意境与疑惑，在一句诗词的囊括中呈现出美好来。古诗词的图画感和无限魅力，一字一句体现出我们祖先的伟大与光芒。

那年在厦门购得《源氏物语》一部，日本作者紫式部著，丰子恺译。据说这本书有一千多年的历史了，分上中下三册。断断续续读了好长时间，古日本宫廷中过分冗长的描述，过分美化的人物，并不是吸引我读下去的理由。

吸引我读下去的，是丰子恺那略带文言语调，十分精练优美的译文，还有书中常常出现的有关中国古代诗人的名字和诗句，以及书中常常提到日本宫廷中当作珍品，在中国舶来的古画、宣纸、笔墨、丝绸、茶叶等描述。这一切无一不在展示着古中国文化和物产的富有，以及古中国文人在域外受到的喜爱和尊重。

丰子恺美妙的译文，常常感染着我，某些段落读了一遍又一遍。在我有限的阅读里，尽管有不少外国著作里提到中国的风物人情，但包罗最多的还属《源氏物语》。

读梭罗的《瓦尔登湖》时，也有多处提到过中国古圣人的名句，最让我欣喜的是，其中有极简短的一句："孔子说得好：'德不孤，必有邻。'"

这一句"德不孤，必有邻"，出现在外国作者笔下的引用，短短六个字，不但道出了中国古文化的灿烂，同时释解了我们祖人对品德的看重，认可了学识及胸襟之宽阔与悠远，他影响着我们，让我们这些孔子的子孙们倍感荣焉。

从远古走来，先祖的信念与坚持，开拓与进取，才使这份古文化滋养了人们的心灵，修正了人的行为，充实了人的思想。正是有了这份文化的延续，人，才区别与他类，才以人的不屈，行走在纷纭的世间里。

平凡的我们，享受在祖人留下的文化之光芒里，以先祖的信念为准绳，世世代代，上下求索……

1．请指出文中云石老师所说的诗句"寂寞梧桐锁清秋"的出处。

2．请用自己的话解释"德不孤，必有邻"。

3．文中隐约提及一条国人引以为傲的银色的带子，叫什么？它有何作用？

4．文尾从结构和内容上起什么作用？

参考答案：

1．南唐后主李煜的《相见欢》。

2．有道德的人，邻里关系好。

3．丝绸之路。丝绸之路成为促进亚欧交流和人类文明发展的纽带。

4．结构上：点题，收束全文。

内容上：对先祖留下的灿烂辉煌的文化由衷的赞叹，升华了主题。

为两棵树哭泣

上班路上，走到老徐家桥时，只见桥头处围了一帮人，远远地，听到电锯刺耳的尖叫声。走近才看清，桥头侧的两棵树被锯倒了，买树的人正在肢解树枝。我疾步上前，大声质问："好好的，怎么把树砍了？！"只见一位中年男子有些诧异地看着我，然后说："要修沿河路，通知我三天处理掉！"我说："天啊，这两棵树刚好与桥头平行，那这座老桥也要推掉？"那人说："那不会。"我又说："如果桥不推掉，这两棵树是可以保下来的。整河修路是好事，可这两棵树是完全可以让路弯一点保下来的，你们就这样武断地把这两棵大树瞬间砍了？"中年男子说："这树是我10岁那年亲手栽下的，我也不情愿啊，可没办法，他们只给我三天时间，明天就到时间了。"我又说："说明你对这两棵树没有真感情，如果真舍不得，一定会想办法保它们，哪怕是请人移走，而不是让它们彻底消失毁灭。"中年人又说："30多年了，我怎么会没感情呢！你又早点不过来，我身边所有人都是无声地看着，没有一点办法，如果你能早点来这样说，我也许就不会这样做了。"我有些恼火地看着他说："我就今天中午下班没从这边过，如果早知道我可能会和你一起想办法保下它们，可现在说这些都是白说了。"我边说边上前拍了几张图片，为中年男子丢下"你真没用"的话，然后愤愤离去。

走在路上，我的心像丢失了一样难受，继而，泪，忍不住地流下来，伤心欲绝，走到办公室时，再也忍不住地悲伤哭泣起来……我的哭，没人能懂，没人能理会；我的心痛，无人可解；我的泪，只能默默地对自己的心流淌……

2008年搬到水岸花园临河而居，7年了，这两棵树，就像我的亲人一样，我每天要来回四趟路过它们，与它们见面，相互问好和致意。它们立于桥头一侧，无论晴天还是雨落，它们总是默默地坚守在那里，看人来人往，看它们身边两家最底层的主人，住在老土屋内，过着清贫劳累又安逸的生活。它们的枝，已伸向云端，与天空耳语；它们的根，已植入大地，与地神对话；它们的干，厚厚的皮，如一位慈祥的老人，任周围孩子们攀爬玩耍取乐。它们从幼年到成长至今，看尽人间多少人来人往离合悲欢。这一刻，它们竟然被锯掉了，然后被一节一节地肢解、一寸一寸地剥离，它们一叶一叶地散落、一片一片地倒下……像两个巨人，奈何不了强势的捆绑，在仰天长啸中任人宰割、崩裂、摧毁……

7年了，这两棵树，一棵梧桐一棵槐。每每路过它们，雨天我会撑着伞，停下来，静静地看看梧桐滴雨的声响，总会想起"梧桐更兼细雨，点点滴滴到天明"的句子。槐树花开时，我会向前，轻抚它粗粗的老皮，想起董永无奈地对着槐树质问"槐荫树槐荫树，你为何不开口说话啊……"那一刻，就会为董永失去娘子槐树无语而悲痛。心情好时，也会想起"高高山上一树槐，手抚栏杆望郎来。娘问女儿望什么，我看槐花几时开……"

7年了，这两棵树，还让我看到相依在它们身旁生活的两户人家，虽然我不知道他们姓甚名谁，虽然从来没有打过招呼，虽然他们也不知道我是谁，可每天路过，每天共同面对这两棵树的心情，我们已然是熟悉的朋友，如这两棵树一样，是不需要往来不需要话短长的朋友。一侧是两间土巴老房子，住着一对老人，年纪看上去约莫70多岁，他们的土屋内，常常是生柴火用吊锅做饭，红色火苗在火炉上闪烁，炊烟在灰色的瓦屋上飘荡，偶尔几块黑黑的腊肉，卧在门口高高的柴堆上享受阳光的温暖；土墙另一侧是一块小菜园，不同时节会有不同的绿色蓬勃着……这些停留在少时记忆里的最原始的生活场景，让路过的我时常庆幸，都市内的这个角落，还能让我每天幸运地看到过去。常常恍惚，时光不曾远去。就是这样一对安逸地过着自己并不富足生活的老人，听说也要搬离老屋了。另一侧是一对中年夫妇，男子拖着板车，大街小巷收取旧酒瓶和破玻璃，女子则戴着手套坐在门前，用锤子将各色玻璃锤碎，让五颜六色的碎玻璃堆积如山地在阳光下发着光芒,然后一车一车地拖离……这两户人家,让我看到,如他们每天面对的这两棵树一样,默默坚守在生活最底层,与世无争,宁静安好。是不可阻挡的城市步伐,打扰了他们的宁静。

10年前到黄山,看到上山的路中有一棵树,为了保这棵树,路多弯了一点儿,可就是这棵长在路基内的树,让黄山更有魅力,让我和无数个到黄山的客人,忍不住在心里向为保下这棵树的黄山人致敬!

如果可以,我多想像尼采那样抱着被人鞭打的马头痛哭"我受苦受难的兄弟……"可是,牵着我心的两棵树倒下了,想那样抱头痛哭,已无树可抱无枝可依。它们,随着被肢解的阵痛,随着轰鸣的汽车尾气绝尘而去,空留我一腔无奈和悲痛……

2014年11月13日于凤池山下

1. 谈谈你对本文标题的理解。
2. 第4自然段运用了什么修辞手法,有何用意?
3. 写"两棵树",为什么又要写"两户人家"?
4. 请你发挥想象,补写作者文尾的"无奈和悲痛"内涵。

参考答案:

1. "为两棵树哭泣"有两层意思:(1)表层意思是对这两棵树有感情;(2)深层含义是为环境被破坏而悲伤,警示人们对保护生态环境的深重思考。

2. 运用了引用的修辞手法。通过这些引用多角度体现两棵树似亲人融入了"我"的生活,让"我"感恩生活的美好。

3. 通过描述"默默坚守在生活最底层"的普通劳动者,体现树的无私无闻的奉献精神。

4．读完本文，一阵忧伤掠过。作者的"无奈"指个人力量薄弱，对类似土地荒漠化，河流缩短或减少，自然灾害频发的无能为力；"悲痛"指人类人为造成对无辜生命的有意残害的悲悯和沉痛心情。

敦煌感伤

敦煌是一个美丽而古老的小城市。

最开始的一点点关于敦煌的印象是曾经年少时看的一部电影《海市蜃楼》，电影中一些模糊的感觉告诉我那是一个充满了神奇色彩的地方。

后来慢慢从余秋雨先生《文化苦旅》中"莫高窟""道士塔"中知道了一些。

5月2日凌晨四点一刻火车到达柳源站，再从柳源乘出租车到敦煌，到达敦煌时是清晨6点钟，天还未亮，首先见到的是霓虹灯下的敦煌市，这样的相见竟如梦般地与我的梦想相吻合。

接我的敦煌中队干部把我安排在敦煌"金叶宾馆"，略作休息后，九点租"的士"直奔"莫高窟"，沿路的中外游客排成长长的伍队进"千佛洞"参观，每一组游客一个导游，解说着每一窟的年限和历史故事。

对敦煌历史完全不了解的我只有惊叹盛唐时的伟大，惊异于一千多年的壁画，色泽竟还是如此的鲜亮可鉴。

当参观到某个窟时，导游解说几处空白的印子，说是某年某月被美国人用黏胶偷走时,所有的中国游客无一不气愤怒骂。

"莫高窟"的藏经洞是被一个道士无意中发现的,在我还一点都不了解敦煌历史时,当看到余秋雨先生的"道士塔"中斥责王道士,我也是赞同的。

余先生写道:"历史有记载,他是敦煌的罪人,我见过他的照片,穿着土布棉衣,目光呆滞,畏畏缩缩,是那个时代到处可以遇见的一个中国平民,他原是湖北麻城的农民,逃荒到甘肃做了道士,几经转折,不幸由他当了莫高窟的家,把持着中国古代最灿烂的文化,他从外国冒险家手里接过极少的钱财,让他们把难以计数的敦煌文物一箱箱地运走,完全可以把愤怒的洪水向他倾泻,但是他太卑微、太渺小、太愚昧,最大的倾泻也只是对牛弹琴。"

既是"到处可见的一个逃荒的中国平民",岂能担此重任?

当我千里迢迢见到了敦煌后,特别是看了刘诗平先生的《敦煌百年》中恰当而中肯的评价后,我的思想不再麻木。

刘先生记有:"王道士发现的藏经洞,由于当时官员和学者的麻木不仁,使得王道士与这些藏品长期相伴,在藏经洞的藏品纷纷被运往国外,中国学者得知实情以后,没有一个人不是痛心疾首的,埋怨当地政府不负责任的有之,指责外国人的有之,在所有激愤言辞中,没有人比叶昌炽更悔恨交加的了,因为连他自己也承认,他本来是最有机会的,如果说,王道士的文化教养不足以了解敦煌藏品的真正价值的话,那么像叶昌炽这样的一流学者总应该具有相应的意识吧,但令人扼腕的是他的脚步在敦煌几百里之外停了下来,成为中国人在敦煌伤心史上最遗憾的一个镜头,在外国人到达敦煌之前,中国曾有长达七年的时间可以妥善保护藏经洞中的珍品，但是中国与自己的国宝一次又一次地失之交臂。中国，你究竟怎么了？"

更让我吃惊的是，《敦煌百年》书中有这样的文字："1902年3月，汪宗瀚出任敦煌县县令，汪县令很快就得到了王道士送来的经卷和绢画，这是发现藏经洞的第二年。汪宗瀚，字栗庵，湖北通山人，与王道士算是老乡，汪宗瀚熟谙历史文化，不愧为光绪十六年（1890）的进士，当他见到王道士送来的经卷后，立即判断出了这些经卷非同一般，但他同样没有采取任何措施，只是在1903年冬天，将这一消息写信告诉了兰州甘肃学政叶昌炽。"

这不能说不是一种机缘，百年后的我作为一个通山人出现在敦煌只是一个普通的参观旅游者，可当我看完这则文字时，震惊得双眼发亮半天说不出一句话来。

在敦煌史上竟有两位至关紧要的湖北人，甚至通山人，我不知是悲还是喜。

应该说这位通山籍县令算是做过努力的。

作为湖北通山人，我真想为这两位前辈的故乡人共同承担，弥补百年过失，然而当时整个清政府的腐败和不重视，他们一个小小的道士，一个小小的县令又能何为呢？

我悲哀的不只是王道士，抑或汪县令，而是天意和天意对当朝的惩罚，以及对后人的警醒。

敦煌印记，给我的感觉是一个太过沉重的历史话题，不是我这样的小人物可以评判是非的。

1. 你可知道敦煌在哪里？
2. 历史如何评价敦煌莫窟？

3．如何体会作者惊见"汪宗瀚"的思想感怀？

4．请概括本文对"敦煌感伤"中的"感伤"内容？

参考答案：

1．敦煌隶属于甘肃省酒泉市，位于河西走廊的最西端，地处甘肃、青海、新疆三省（区）的交汇处。

2．敦煌莫高窟是世界上现存规模最大，内容最丰富的佛教艺术地，以精美的壁画和塑像闻名于世，被称为"沙漠中的美术馆"和"艺术与信仰的精神绿洲"。

3．作为通山人，在敦煌偶遇乡人，除了那份惊异，更有一份自豪和骄傲之情。

4．A．感伤当朝的腐败；B．感伤臣民的无奈；C．感伤历史给人惨痛的记忆。

莫问奴归处

有"沉鱼"之美的浣纱女西施，因她的美，人世间有了"情人眼里出西施"之说。她已然是真正美女的代表，这里的美，应该是外貌与心灵的结合。西施病时，有"抚胸皱眉"之态，有邻人模仿，故又有了"东施效颦"的典故。

美女终有红颜老去时。能在历史的长河中永远不老，让世代人不忘的西施，除了她自身的美，更多的是因为，她为越国而打入吴国宫中，做了"美女间谍"，以一颦一笑之媚，以心藏吾国恨之态,以"响屐舞"之姿,俘虏了吴王之心,成为夫差的宠妃,使吴王不思朝政,最终让卧薪尝胆的越王一举而攻之,洗刷了"会稽"之耻。

吴国亡时,关于西施的去处有多种说法。一说是被勾践的夫人偷偷"沉石"于海;二说是随范蠡漂洋过海而隐居;三说是回到故乡浙江诸暨苎萝村,浣纱时不慎落水而亡。

一个有功于国的女子,怎么能够让她残忍地被人石沉大海?回到故乡从新浣纱也不可能,时过境迁,叫她如何面对村头巷尾的指指点点。这几种说法中,我最希望的是,随范蠡乘舟而去。

她到底是范蠡的未婚妻?女友?抑或红颜?已然不重要了。因为,在越国人的心中,她应该是神圣的爱国主义者,是为国献身献爱情的普通女人。因为,爱情与国家比起来,实在是太小!

我想,西施之所以能献出自己,一定是受了范蠡劝说的,只有心中所爱的人,才能撼动心中的爱,才能不顾一切地去做,去实现报国愿景。当西施笑颜面对吴王夫差时,当她纵情跳起"响屐舞"的时候,她想得更多的,一定是范蠡,是她心中爱着的范蠡。因为,范蠡是值得去爱的,一如爱她的祖国。

范蠡是智者和仁者。越王初位轻狂时,要攻打吴国,范蠡诤言:"不可。臣闻,兵者凶器也,战者逆德也,争者事之末也。阴谋逆德,好用凶器,试身于所末,上帝禁之,行者不利。"越王不听劝告而犯下了一意孤行,用凶器伤他国的下等之事,所以才有了"会稽之耻"的失败。

越王后悔时,范蠡却又鼓励他说:"持满者与天,定倾者与人,节事者以地"。勾践听了范蠡的忠告,做一个持满不贪之人,于是得到了上天的佑护;做一个挽救倾危之人,得到了百姓的拥戴；与妻子共劳作，享粗粮，在卧薪尝胆中蓄国力。

范蠡是善仁善德，善进善退的大丈夫。他辅佐越王深谋远虑二十年，越王再次攻打吴国胜利时，却急流勇退。我相信，这勇退里，不仅只是不与越王共享安乐的离去，一定还有西施的原因在其中。他要带着曾为国为他付出过代价的所爱女人，离开人们熟悉的视野，以这种方式来保护特殊时期对一个女人的爱与承诺。他绝不会让西施落于他人之手，在非议中存活；更不会让她遭"沉石"之心寒。他是有能力、有胸怀来爱和保护心爱女人的真君子。

人生贵极王侯，
浮名浮利不自由。
愿争得，一叶扁舟，吟风弄月归去休。

少女时就能熟背这几句，它应当是范蠡与西施最后的写照。
在某个青山绿水的深处，范蠡牵着西施的手，西施头上插满了范蠡为她采摘的山花，一个声音在天上回荡：若得山花插满头，莫问奴归处……

1. 写出"沉鱼落雁，闭月羞花"的有关人物。
2. 除了文中"情人眼里出西施"和"东施效颦"，你还知道哪些与西施有关的成语？
3. 本文以"莫问奴归处"做标题有哪些用意？
4. 仔细阅读本文，在西施去处的问题上，为什么作者希望西施随范蠡泛舟而去？

参考答案：

1．中国古代四大美女：西施、王昭君、貂蝉、杨玉环。

2．捧心西子、唐突西施、西施捧心。

3．A．采用严蕊《卜算子》的名做标题增加了文采；

　　B．用引用做标题生动地表达了深意；

　　C．引用这句名言，让人们对西施的去处产生无限的遐思，结局定是完美；

　　D．对历史的评说产生悬念，不一而终。

4．作为政治家、军事家、经济学家的范蠡"忠以为国，智以保身"，他携西施泛舟而去，体现他忠于国家也忠于爱情。毕竟他们之前已私订终身，体现作者向美向善的思想感情。

抬手画莲

上午打开博客，有一位"朱老总"博主在我的《关于〈中国红〉的书简》一文里跟帖：

霞霞你好：今天才从网上和你说几句话，觉得很有意思！

我不会忘记那个冬天，在你的书屋里温馨会面，意外得到6本精美的唐诗、宋词、元曲……我一直珍藏着她们——就好似你的清丽。

我记着那个雪花纷纷的日子，我们一起乘坐"麻木"去渗坑村，我采访你"翻译"的经历；记着我们那晚满街寻找吴思红妻儿的情景；对了，还有你请我吃了甜甜香香的"红薯包坨"！你早几年寄来的《中国红》也在手边，一口气读了——不像富道是"两口气读完"。真高兴和你取得联系！我于2003年退休后在一所大学新闻系教学，为学生上课时，经常讲到硕士村支书的故事，经常讲到那位为我当翻译的女作家呢。我有机会一定会去通山谢你！你来武汉也希望会会面！

我和富道先生住"两隔壁"，他在文联，我在报社。以后有机会到作协，也请告诉我，让我当面谢谢你！顺祝撰安！！

我惊喜地看到，一张熟悉的面孔。我明白武汉的长辈对晚辈对孩子亲切称呼时，喜欢把名字中的一个字重复起来叫。这位"朱老总"，这位长得颇有几分朱老总风采，真名叫朱学诗的长辈，让我想起十多年前的一次偶遇。

从来都是脑子一闪马上行动的那种不知"深思熟虑"为何物之人，十多年前，因为喜欢站在书海里徜徉的惬意，索性开了一间"倪氏书吧"。书吧还真让我开成了当年小城的一道风景，令许多爱书之人流连忘返。

朱老总就是在嗅到书香时无意中走进书吧的。那是一个寒冬欲雪的傍晚，饭后，我到书吧边烤火边读书，这时，进来了一位与朱老总有着传神相似的长者，他对书吧大加赞赏。于是我们聊了起来，得知他是湖北日报社的主任记者，独自来回访湖北日报曾经报道过的硕士村支书吴思红,他说不想麻烦当地的宣传部门,决定独自去乡镇采访。看到天要下雪的样子,于是我自告奋勇地说明天为他当向导和翻译。

当晚下了一场大雪,次日,我陪朱老总坐班车到镇里,然后坐"麻木"到村里,在田头、在地间、在村民暖融融的火炉旁,进行不同对象的采访。这时候的硕士村支书吴思红早已调到浙江省委党校去了。采访回家时,我开始叫朱老师朱伯伯了。并和我家人请朱伯伯吃晚饭,特意点了通山特产"包坨"。饭后,我通过熟人寻问,陪他在城里找到了硕士村支书吴思红的爱人,通过她得到吴思红的电话,与远在浙江的他通上了电话。至此,朱伯伯的采访才算圆满结束。事后我写了一篇随笔《偶遇老记者》,并发表在通山报和咸宁日报里。

十多年过去了,我们再也没有见过面。2003年我的散文集《中国红》出版时给他寄去过。多年来,虽然没有联络,但朱伯伯的敬业精神一直在心里影响着我,让我铭记。书吧不开已多年,曾经的"倪氏书吧"随着书香留在了一部分读书人的心里。

没想到通过网络,通过博客,已退休多年的朱伯伯再次与我联系上了,还那么真诚地记得这一切,那么客气地说要来通山当面谢我。一个长辈,一个为新闻工作做了一辈子贡献的老记者,我的一次偶尔相伴又算得了什么呢?相伴的过程中,我是受了益,解了惑,得了老师授业的,应该感激的是我啊。

前两天,趁阳光好整理书柜晒书,翻到我学生时代的几幅画作。年少的我对画画和读小说痴迷得很,特别是读卫校的那几年,上病理课我就在桌下偷偷读小说,上解剖课我就在桌面上不停地画画,对学医的枯燥了无生趣,一心做梦。却又迷茫着不知将来的自己，到底能做什么。

当1987年的几幅画再次呈现在眼前时，些许感动在心头，恨自己为什么就没有坚持画下来呢。用手尖轻轻触摸"莲的心事"那幅画，突然想到，这些年，虽然没画了，却一直坚持着对文字的执着。更有趣的是，平常，当我什么都不想做，特别是开无趣的会议时，不经意间，我会提笔随手画莲花，没有笔时，我用指尖在桌上画、在灰尘上画。原来，是画莲的心事啊。

莲，应该是让心在尘世的浮华中更洁净；莲，是开在心中的美好与向往。那么，当你在人生中抬手画莲时，也就是提醒自己随手做好事，做力所能及的事吧。一如我陪伴从不相识的朱伯伯在雪天下乡采访一样，那是老天恩赐我遇高人啊！

人生路上，当你抬手画莲时，不经意间，美丽的花朵，已然掉落在自己的肩上了……

1. 写出作者与写信者的关系。
2. 为什么原本两个素不相识的人，一次萍水相逢，十多年后还在博客上跟帖留言？
3. 是什么让老记者在他每次为学生讲课时都会讲起这作者？
4. 《抬手画莲》的寓意是什么？

参考答案：

1. 从素不相识到作者为老记者带路当向导，然后成为忘年交。
2. 作者的热情和乐于助人的性情，让老记者始终没有忘记，在寒冬里对老记者的帮助，像一团火，一直温暖着老记者，所以当在博客上"相遇"时，才有了老记者情不自禁的"怀旧"留言。

3．老记者要把作者这种对人的真诚传递出去，让更多的年轻人懂得，做一个热情善良之人有多么美好。

4．佛教把莲花看成圣洁之花，以莲喻佛。这里的"抬手画莲"就是作者与人为善的做人之本。

提高现代文阅读和写作成绩的金钥匙

许艳文作品
阅读试题详析详解

家 公

  他应该算得上我文学的启蒙老师之一；而我又一直以为他未必能够荣膺这样的称呼。

  我童年的居处，是我父母积攒工资买下的一个旧院，从我记事开始，就感受到了这院子的妙处，虽则是破旧了些，但院子宽敞疏朗，房屋周正规整，还有满园果树，百色花卉，给颇有几分清冷的院子增加了许多活气和色彩。

  在我家这个院子里，每天蹒跚地行走着一个老人，他驼背弓腰，身子佝偻，一拐一拐地走着内八字，不论秋冬春夏，身上总穿一件又长又宽的黑色对襟衣。①老人秃头，尖下巴，眼睛斜视，你看他时，只能看到他眼眶里的白眼珠。我那时第一次看到有这样眼睛的人，不免感到有些可怕。

我对母亲说:"妈妈，这老头真是讨厌，可你为什么要我叫他家公呢?"

母亲解释说:"他和我一样也姓肖啊，因为和你家公是一个辈分的，我管他叫满叔，所以你就得叫他家公。"家公，在我们老家就是外公的意思，我自己的家公早已过世，眼前这个家公又是那样一副糟糕的模样，见着他不得已还要叫上一声，心里可别扭着呢!

家公的老婆我管她叫家婆。本来这两位老人与我们家八竿子打不到一起的，我父母心地善良，看他俩无儿无女，无依无靠，政府只给一点点生活补贴，于是腾出一间房子免费让他们住下来。

家婆人还不错，老太太慈眉善眼的，厚道本分，温柔和气，常年在外给人带孩子，很少回家。偶尔回来，还会莫名其妙被老头一顿打骂。这家公每天吃过饭就到外面闲逛，四处收集小道消息，或为街坊邻里的隐私，或为近期的八卦新闻，然后张家说到李家，李家说到刘家，回到院子里还要特意说给我母亲听。在我的印象中，家公似乎很少说别人的好话，如果有哪家遇上麻烦，他倒是幸灾乐祸地说三道四。母亲心里也有些厌烦他，又不好做出样子来，常常一边做手里的事，一边似听非听地哦哦几声。最让人受不了的是，家公说话时咧开一张歪嘴，一口一声国骂，唾沫四溅。有次，母亲悄悄告诉我，早听上年纪的人说起，这老头从来就是个游手好闲的混混。

每到冬天，家公会成为我们家的常客。那年月，父亲经常出差在外，母亲白天上班，到了晚上，我和母亲相依相伴。不管刮风还是下雨，家公依然坚持出门，他手里提了个竹烘笼，一会拢在前面的衣服里，一会放到后面的衣服里。每天晚饭后出去玩耍，要到十点左右才回家。进了大门，他习惯性地高声叫我母亲一声："外头还有人吗？"母亲大声回答说："满叔，都回来了呢！"家公就把门插上栓子。

一个大雪纷飞的冬夜，家公回家照旧问了一声之后便关好了大门，然后走过一条被大雪覆盖的小径，来到我家房门口，咳咳两声，问道："你们还没睡吧？"尚未等我母亲回话，他已经推开门一脚跨进来了。②我和母亲此刻正蜷缩在烤火箱里，母亲眯缝着双眼，咕哝着说："哦，满叔来了呀，快进来坐坐吧。"

听到母亲这样热情招呼他，我心里老大不高兴，实在不喜欢这位家公来我们家唠唠叨叨的。然而母亲已经这样开口了，我还能怎样呢？极不情愿地叫了他一声，那声音现在想来应该很生硬吧？

家公也不说客气话，只管自己往旁边的椅子上一坐，带点煽动性的语气说："你不知道啊，今天我又听到一件新鲜事呢！唉，这人啊，真是说不清楚呢！"

还没等我母亲有任何反应，家公便津津乐道地说起了外面的传闻，他眉飞色舞，拿腔拿调，无非是谁家死了人，谁家两口子打架，等等。在我的印象中，他几乎不说任何人的好话，说出口的都是尖酸刻薄的语言，难怪母亲私下里说："外面没人喜欢他，都讨厌地叫他肖家老头子，这老人家待人缺乏善意嘛。"

母亲礼貌地从火箱里起身，掀开火被说："满叔脚冷吧，上来烤烤火吧。"她挪动一下身子，叫我坐到她身边去。

家公看到我给他腾出了位置，呲牙咧嘴地笑笑说："嗯，今

3

天下雪,是有点冷呢。"他一边说一边抬脚上了火箱。

我挤在妈妈身边,看着对面家公不断滚动的白眼珠,看着他皱巴巴的树皮脸,听着他兴致勃勃说着外面的新闻,从心里感到厌恶,巴望着他快点走开。

他大概看出了我不耐烦的情绪,突然停住了,说:"我来给你们摆个龙门阵吧!"他咳了一声,往屋角吐了一口浓痰。

我看不过去,闭上了眼睛。

"从前有个叫薛平贵的……"薛平贵是谁啊?在我的记忆中,这是家公为我讲的第一个故事。

我开始将身子坐正,眼睛一动不动地看着他,听他说起了薛平贵与王宝钏的故事,以前只听到姨婆说些狼外婆与鬼怪的故事,像这样精彩的人物故事我还是第一次听到,家公竟然讲得栩栩如生、绘声绘色的。家公说:"王宝钏命苦啊,一个宰相的千金小姐,花容月貌,何等娇贵,不顾父母阻拦,下嫁给贫困的薛平贵为妻,被她爹娘赶出家门。后来文武兼备的薛平贵出征,王宝钏独自一人在寒窑中苦度十八年……"说着说着,他突然有板有眼地唱了起来:"王孙公子千千万,彩球单打薛平郎。"我的脑子里开始出现一些陌生的人物,他们到底是哪个时候的人啊?能够见一见多好!

有了这一次的龙门阵之后,家公以后来我们家都会说一个新故事,每次说到最关键处,他会突然起身说:"好了,今晚就到这里吧,我要回去睡觉了。"我好像还听不够,便央求他说:"家公别走,再说一小会吧,我还想听。"他看我一眼,重新坐下,又继续讲,讲那么一小段后,便果断地告辞走了。我还痴痴地沉醉在刚才的故事中,期待着第二天晚上家公的到来,期待着他继续讲后面的故事。

不知不觉，我开始有点喜欢起家公来了，他接二连三地说岳飞的故事，说杨门女将的故事，说白蛇传的故事，我惊讶他一个活得像混混的人，肚子里怎么藏了那么多好听的故事？我定定地看着他，看着他的白眼珠，似乎看到了古战场的刀光剑影，看到了岳母为儿子刺上"精忠报国"四个大字，看到了白娘子对许仙的含情脉脉，看到了……

家公看我喜欢听他讲故事，以后一来我们家，便自然而然地挤到火箱上，说那么几句刚听到的新闻之后，就开始接着头天的故事讲，一说到关键时候，仍然卖关子："今晚就到这儿吧，明晚继续。"

书上说，儿童期决定了一个人面对世界的方式。我想，自己那么喜欢听家公说故事，不期然而然受到故事中人物的感染，也许说明自己的内心已经被一种力量牵引了，精神情趣已经受到了一定程度的熏染，以至于影响到以后的成长与对价值观的判断。历史上那些叱咤风云的豪杰好汉，那些令人喟叹不已的英雄壮举，那些情深意挚的肺腑之言，深深地打动了我，感染了我，伴随着我年龄和阅历的不断增长。可以说，家公的故事点燃了我黯淡的童年生活。有人认为，十岁以前的孩子都是真人。是的，到今天我也认可这一点。孩童时代的我，不含一点世故，不会一点虚假，讨厌就是讨厌，喜欢就是喜欢，装不出，假不了，完全以自己的真性情去对待身边的事物。

后来，我对这位家公越来越依赖了，每天竟然盼望着天快快黑下来，天黑下来之后，又盼望着在外闲逛的家公快快回来，继续给我讲头晚的故事。这老头，也承袭了中国传统说书人的特点，又像章回小说，每到紧张关口，却是"且听下回分解"。

我到底从家公那里听到多少故事呢？除了一些经典的之外，现在也记不起来了。后来喜欢写作文，喜欢在作文中加上点传统故事的元素，恐怕也与这位善于说故事的家公有关吧？那时候不懂得他为什么能够知之甚多，一个没文化的老人啊，直到后来研究中国戏曲，方才明白民间老百姓之所以懂得很多历史故事，都源于中国戏曲的影响，他们通过看戏了解到很多，家公的知识与故事，应该都得益于看戏吧？

我渐渐长大，能自己看书了，不再听家公讲那些陈旧的故事，也不再期待他来我们家说这说那。高考后我离家读大学，没过多久，父亲来信说家公已经去世，丧葬时仅仅收到我们家送的花圈——唯一的一个！我惊讶与他相处那么多年的街坊邻居，怎么会对一个老人如此冷漠？哪怕平时有多隔阂，到了这样的时候，无论如何也要意思意思，寄托一份哀思啊。

我庆幸自己这么多年之后，还能够如此清晰地记得他，一位我曾经叫家公、会讲故事的老人。

1. 文中叙写了一个怎样的人物？给你留下的印象如何？
2. 赏析文中画线句子，并说说你的心理感受。
3. 作者对"家公"的态度前后有无变化？
4. 文中说"儿童期决定了一个人面对世界的方式"，联系你的实际情况，谈谈自己的感受。

参考答案：

1. "家公"外貌丑陋，喜欢打听人家隐私，同时他又是一个有满肚子故事的人。这个人物的两面性给人留下了深刻的印象,让人既讨厌他的市井一面,又喜欢他擅长讲故事一面。

2. ①与②都写到了人物的眼睛,家公的"白眼珠"与母亲"眯缝着双眼",家公的白眼珠属于人物客观的外貌描写,让作者与读者都有点接受不了,但母亲的眼睛只是表现一种人物的主观情绪。

3. 作者对家公的态度前后有变化,从最初的讨厌到后面的渴盼与依赖,这种转变是从家公摆龙门阵说故事开始的。

4. 每一个人从儿童期开始,通过对身边人物的接触、观察、了解等,从认知上积累了日后的辨识经验,从而也就决定了未来与世界联系的方式以及与人之间联系的方式。

春桃家的后园

泰戈尔说:"天空没有翅膀的痕迹,但鸟儿已经飞过。"细细品味,真是很有道理。在我们所经历过的岁月中,有许许多多值得回味的往事,尽管未能留下太深的印迹,但往往会在某种特定的时候,刹那间敲开你的记忆大门……

在我童年居住的这座小城,离家不远的人民会场右侧,有一个老式大院,厚重的大门陈旧斑驳,门两旁是青砖砌成的高墙,从墙头松松垮垮搭下来几挂爬山虎,叶片呈暗绿色,慵慵懒懒的,看上去生长得有几分随意,但有了它们的存在,自然显出这大院颇有些年份了,且掩藏了当年的气派与尊贵,很像电影中的某些画面,笼罩着一种神秘色彩。沿着大院左侧的青石板小路往里走，便可看到树木掩映的一栋木屋，几个房间横成一排，矮小简陋，有点拥挤。从一间类似客厅的房子走进去，里面是一个宽敞的院子，四周是高出人头的土墙，这土墙圈住一片开阔的菜地，菜地中间站了几棵伞状的橘柚树，树下有一只黄狗、一只灰猫、几只母鸡在追逐嬉闹，时不时发出鸡飞狗跳的声音。

这便是春桃家的后园，我们常去寻找快乐的地方。

春桃，是我一位小学同学，童年玩得好的小玩伴。她长得高高瘦瘦，瓜子脸，杏仁眼，头发浓密，皮肤黝黑，脸上常常挂着浅浅的笑。是那种一见面就会感觉亲切随和的女孩子。

我家和春桃的家相隔很近，不过百来米的样子。她家是大北街最后一户，我家是小北街打头一户。寒来暑往，冬去春来，我们几乎天天都粘在一起。

记得每天放学后，我们几个小伙伴总喜欢去春桃家玩。印象中春桃的父亲总不在家，到底去了哪里？到底还在不在人世？我们从不过问。大概小孩子家，压根儿就不懂得这些家长里短吧？每次去她家，只见到她的妈妈，好像她妈妈没有工作，待在家里养猪养鸡种菜。春桃呢，似乎精神上很轻松，没有谁逼她用功读书，放学后不忙着做作业，所以，成绩平平的。

①春桃家的后园每到春夏相交时，所有青绿的藤蔓都顺理成章地爬到竹竿搭建的架子上去了，有南瓜藤、冬瓜藤、北瓜藤、丝瓜藤、苦瓜藤，还有葡萄藤，这些藤蔓纵横交错，连缀成一片，像一座房屋的绿色屋顶，庇护着在下面玩耍的孩子们。后园土墙的每一个角落，还有一些被各种植物遮挡住的狭小空间。

我们轮流玩捉猫猫的游戏。扮演捉猫人的用手蒙住双眼，大声叫着"猫猫"："可以了吗？""猫猫"高声答道："可以了！"

于是，捉猫人开始行动。

"猫猫"们可以从这边钻到那边，再从那边钻回这边；也可以从屋外跑进屋里，藏在柜子后面、床底下、门背后……不管怎么藏，只有一个目的，就是不想让对方轻易抓住，但每一次的躲藏没有不被抓住的。捉猫人在抓到"猫猫"之后，大有胜利者的姿态，高兴得咯咯咯笑个不停，银铃般脆响的声音回荡在后园上空，整个园子变得生机盎然了。

春桃有一个小哥哥名叫兴邦，好大气的名字！当时他已经是中学生了，完全不屑于我们这样的小游戏。但他只要在家，看我们玩得那么开心，也乐颠乐颠地跑来参加。兴邦喜欢扮演八路军打鬼子，或者扮演解放军抓特务，我们一群小女孩看到来了一个小哥哥参加，都乐不可支的。兴邦老是让我们扮坏人，我们拗不过他，只好勉强同意。有次，一个小一点的女孩被兴邦用扁担当枪从菜地里"押"出来时，委屈得大声哭起来，嘴里只嚷嚷："我不做坏人，我不做坏人嘛，你们欺负人……"慌得兴邦连忙扔掉扁担，赔着笑脸左说右说才哄好了她。

兴邦喜欢看书，他的房间堆着各式各样的书。我对那些书满是兴趣，又不好开口找他借。这个大男孩不是很喜欢说话，我们怯怯地与他搭讪，他也只是哼啊哈地不怎么搭理我们，估计他眼里并不怎么看得来他妹妹的这些小同学吧？

有次在后园里玩累了，我们便堆在春桃的房间里，赖着不肯回家。春桃兴许知道我们的意思，于是跑到她哥哥房间，说了一大箩筐好话，终于说动了兴邦，让她抱了好些书来，有字书也有连环画，多是缺页少封面的，有的还很破烂。我们欣喜地一把抢过来，贪婪地一页一页看起来。直到天色向晚，春桃的妈妈喊

9

吃饭了，我们才不得已放下未看完的书，匆匆告辞。

记不起到底是什么时候与春桃失去了联系？我离开家乡已经有一些年头了，中间回去时，再也找不到当年的旧迹了。春桃的家不见了，春桃的后园不见了，就连春桃，我也无从寻觅。而我的童年，曾经那么鲜活地留在那里。②<u>当时的旧址，如今成了一长溜商铺，日杂店、水果店、药店、饭店等，空气中似乎飘荡着钱币叮叮当当的响声。</u>

1．本文表现了怎样的主题？请用简洁的语言加以概述。
2．结合文中描述，说说兴邦这个人物有什么特点？
3．文中画线句子应该怎样理解？
4．联系你的实际，说说你对那时孩子课外生活的理解。

参考答案：

1．作者通过一段儿时经历的回忆，表现了那个年代轻松自在的孩提生活，比照今天中小学生大量的作业与课外补习，也许从某个角度来说令人羡慕。

2．兴邦是个有热情、有爱心、喜欢读书、愿意照顾妹妹同学的大哥哥，相信这样的男孩子日后前途无量，尽管文中并未作任何交代。

3．文中画线的地方可以这样理解：

①采用了拟人、比喻等手法，将一个孩子的乐园充满生机勃勃地展现在读者面前。"爬"字传神地写出了一种活动状态；所有纵横交错的藤蔓像绿色的屋顶，形象地写出了孩子们的乐园诗意盎然。

②暗示时代变迁，作者儿时的朋友春桃现已无从寻觅，曾经的乐园也都建成了大大小小的商铺，空气中钱币的响声说明商业气息弥漫在

旧址的上空。

4. 作者儿时生活状况与今天孩子们的生活状况并不矛盾，时代毕竟是发展变化的，只是那时的轻松自在，更符合孩子们的天性，表达了作者对往事与人物的眷念之情。

吟罢低眉无写处

古代诗歌中有很多描写春雨的诗句，最经典的有"好雨知时节，当春乃发生"（杜甫《春夜喜雨》）、"青箬笠，绿蓑衣，斜风细雨不须归"（张志和《渔歌子》）、"夜来风雨声，花落知多少"（孟浩然《春晓》）、"春潮带雨晚来急，野渡无人舟自横"（韦应物《滁州西涧》）、"天街小雨润如酥，草色遥看近却无"（韩愈《早春呈水部张十八员外》）等。站在春天的路口，尽情享受着春雨的滋润，感受万物在大自然中的勃勃生机，不由得激情上涌，真希望笔底生风，记录下生活的每一个美好瞬间，却又喟叹自己力所不逮，难怪鲁迅先生也不得不发出"吟罢低眉无写处"的感慨了。

偏偏今年的春天怪怪的，雨水不断，两个多月以来，除了偶尔一两天阳光朗照之外，其余的日子都是阴雨绵绵。俗谚云"久晴有久落"，此话一点儿不假。记得雨季之前曾经有很长一段时间的晴朗天气——当时预感会有一段时间的雨季，果然！春天雨水多本是件好事，"一年之计在于春""春雨贵如油"，雨水充足能够给农作物的生长带来好处，然而肆虐了、过度了就会给人类带来灾难，到处积水甚至会造成严重的水灾，泥石流、滑坡致使房屋坍塌、人员伤亡的事例屡见不鲜。而且下雨的时间一长，无疑对人的情绪或多或少会有些影响——忧郁和伤感往往成为阴雨的衍生物。

其实，天气对于我个人来说也无伤大雅。只是那一日难得阳光灿烂，突然想起了一位朋友，曾经在几年前的一个晴天给我发过一条信息："天气暖和了，问好！"简单的几个字却传递着一种温暖。于是也欣欣然地想发个信息过去——几年没在一起了，念念中总有一些令人回味的地方。熟料恰好就在准备发信息的那一瞬间，被另外的一点儿事情岔开了，奇怪的是过后竟然没了半点情绪！——想来情绪这东西也怪，说来就来，说走就走。终于理解为什么有的人抓起电话拨号中途又搁下了。看着眼前绵绵不断的小雨，心想，也罢，幸好没发那信息，寒风依然冷冽啊，不然，天这么凉透心窝，你却说什么暖和的话，没准儿会让人说你言不由衷呢。

①雨，还在窗外哗啦啦地下着，沉寂而冷漠。很长时间以来，习惯一个人在外面漫步，风雨无阻，那就到雨中去吹吹清新的空气吧。撑一把紫色雨伞出门，看到满院子盛开的茶花，又想起了《万叶集》里的几句诗歌："在那河水的岸边／开满了茶花一行行／凝神注视着／千遍万遍都不厌——这巨势原野的春光。"哦，春光！此刻的我，正试图穿越重重雨雾，寻求一种远离尘嚣的安静。

经过一片樟树林时，冷不防从一旁窜出一条黄狗，瞪着两只眼睛拦在我面前，嘴里发出呼呼呼呼的声音，我想从路的右边绕过去，它忙挡在右边；我想从路的左边绕过去，它又很快挡在左边。我只好站着不动，明明知道是条算不了什么东西的狗，它那样也不至于对我构成多大的威胁，但面对它纠缠不放的架势，一时觉得有些烦躁——摆脱不开的烦躁，看来还得要设法突围了。

小黄狗抽动着鼻子，依然对着我汪汪汪地叫着，似乎带有几分敌意，这叫我好生诧异。它一动不动地注视着我，我也一动不动地注视着它。这时的我，犹如孑然一身陷入一片沉寂旷野的旅人，希望遇上一位能够帮我驱赶障碍的朋友，哪怕是遇上一位陌生人也是好的。然而，周围只听见呼啸而过的风——春天的风啊，还这样凛冽！不由得想起母亲以前曾经说过，遇到野狗袭击你时，最好蹲下身子捡石头，然后对着它使劲扔出去，它自然就会赶快逃跑的。万般无奈，我只好照母亲的话演示，那狗见状，立刻呜呜地哀叫了几声掉头跑远了。

我总算放下心来，继续走我的路。②<u>抬头一看，在我前面不远的地方，兀然旋转着两把伞，一把淡蓝色，一把粉红色，肩并肩地朝前移动。</u>雨，越来越大，风，越来越轻，我的脚步越来越慢，前面两把伞的影子越来越远。我即刻在空气中捕捉到了一种温煦、安然和静谧，心里想说出点什么来，却又是"此中妙处，难于君说"，唯有一腔莫名的情怀在心底荡漾。

1. 从作者对春雨的态度中感觉有几种观点？
2. 画线的句子分别用了什么修辞方法？请分析其表达作用。
3. 小黄狗，为什么让作者有陷入旷野旅人之感？
4. 末尾处"雨，越来越大，风，越来越轻，我的脚步越来越慢，前面两把伞的影子越来越远"，朗读时需要怎么处理？

参考答案：

1. 有三种：雨水充足能给农作物生长带来好处；过度了会给人类带来灾难；对人的情绪或多或少会有些影响，容易让人感到忧伤。

2. ①比喻与拟人，"冷漠"传神地写出了冷雨在作者内心的感受；

②借喻，部分代替整体，淡蓝色伞与粉红色伞，写一对青年男女，生动形象地表现他们在春雨中并肩前行的状态，具有积极上进的意义。

3. 小黄狗具有象征意义，风雨中前行已是不易，而小黄狗的不依不饶更增加了难度。作者按母亲曾经的嘱咐赶走了小黄狗，暗示以后的路会越走越顺，结尾两把伞的出现预示了未来的可能性。

4. "雨""风"之后要停顿，"越来越"要重读，"慢"与"快"要读出对比效果，表现出好景就在前面的热烈情绪。

永恒在刹那间收藏

季节像一条小船，悄无声息从春天划向了夏天。或许我从来是个与雨有缘的人？一抬眼一握笔就见一场雨接一场雨，淅淅沥沥，连绵不断。雨落在河里，溅起一层层涟漪；雨落在草地，凝成一颗颗露珠。莫非真是人说的那样"情不够，雨来凑"吗？为何我的多篇散文随记总是少不了一种雨的情思呢？

我喜欢斜倚在窗口看雨，滴答，滴答，滴答，雨打芭蕉，韵味无穷。半小时，一小时，三小时。此刻的天是阴阴的，地面也是湿漉漉的，依然带有春天的旧痕。夏季应当是热烈奔放的，告别了春天的伤感和忧郁，就算是这样有雨的天气，你也不会觉得它阴晦和暗淡，因为满眼的绿色如优美舒缓的抒情曲氤氲在你的头顶，你不能不强烈地感到神清气爽、心旷神怡。刹那间我到底禁不住夏的诱惑，飞快地出门行走于雨中。

我居住的大院带有地道的江南特色——小桥流水、曲径回廊、石山垂柳、亭台楼榭。独立小桥风满袖！尽管每天要从大院的一片樟树林走过，但也许是司空见惯了吧，我竟然很少关注这里的境况。你看，一棵树挤着一棵树，枝叶覆盖着枝叶，微风过处，轻轻颤动，整个树林都荡漾着一层融融的暖意。

一种叫不出名字的树，高大的枝干，尖细的叶子，属常年青绿的乔木。与其他树木不同的是，春天蓊郁的一树绿叶，到了春末夏初时，不经意间很多叶子慢慢泛红，点缀于万绿丛中，远远望去，犹如结满了成熟的果实，煞是惹眼。雨渐渐消停了，绿色愈加葱翠，红色也愈加清晰，风过时，一片，一片，纷纷扬扬飘落下来，铺成一地斑斓，犹如美丽的织锦。

一个三十多岁的陌生女子，扎一束马尾，瘦小的身材，穿一件薄薄的浅绿色衬衫，披一件雨衣，在这个区域出出进进地忙碌——清扫楼道和院子里的垃圾。当我看到她操起一把长长的扫帚将那些红色的落叶撮成一小堆一小堆时，心便莫可名状地复杂起来，既理解她的职责就是要保证院子里的洁净，又不忍心那样的一种自然装饰被人为地破坏了。抬眼望见一棵棵大树上的红叶依然一片一片地往下掉，我甚至幸灾乐祸地想：你怎么打扫得干净呢？你能够扫得完它吗？君不见红叶片片天上来！

然而，那女子扫地的身影转得更灵活了，她专心致志，毫不倦怠。我想起了我写的诗歌："只是，雨又来了／你携带的那条河流／在你熟悉的眼中消失／天空越过天空，铺成一片苍茫

／山中的顽石、草木、荆棘，常年坚守／都说，这就是幸福的一种"，那么，我想问，你不懈怠，也不厌倦，你是幸福的吗？我还想继续对你说："雨还在下／我在雨中摘下一片绿叶／为你写上一首诗歌／大声吟诵，点亮这个季节／祈盼明天的阳光晒干潮湿的路／花朵和梦，正蹒跚着走来。"①<u>此时，我恍然觉得那女子俨然就是一首流畅的诗了。</u>

前边的樟树林里有一群飞来飞去热闹的黑鸟。它们是这里的主人吗？也许吧。你看，有几只站在枝头或耳语，或对唱，或讨论。难道这里真成了黑鸟的王国？驻足于此，兴趣盎然。我不懂它们的世界，甚至不认识它们到底是什么鸟？似曾相识，梦中见过？有一只跳下来，黑油油地披了一件光滑的外套，昂着头在麻石路上悠闲地走走停停，就是有行人路过，它也若无其事。我很少如此靠近、如此悠闲地欣赏过这些黑鸟，到底是什么颤动了我平静的内心呢？

我突然想到前几年遇到的那只小黑鸟，可怜的伤者，某一日折翅于我的门前，当我精心喂养、护理了它半个来月，感情上越来越喜欢上它之后，它却在伤痛痊愈之后突然远去。眼前这独行者会不会是它呢？能否明了我牵挂和惦念的感情？还有我因为思念而流下的泪水？

靠边的花径有只小黄狗活泼地跑来跑去，它看到一只黑鸟慢行的身影，于是欢快地扑向它——小狗本来是嬉戏，而那黑鸟却因为受惊，急忙扑腾扑腾飞到了树上。黑鸟大声叫起来，是告诉同伴这里有"敌情"，还是向小狗示威呢？我不得而知。如今人类的某些行为常常令人费解，而况乎鸟兽？

一大群黑鸟开始此起彼伏地歌唱，我想它们如此开心的缘由是什么呢？或许正在举行什么盛大的活动吧？是不是一场婚娶？春夏是它们谈情说爱的最好季节，那么新郎新娘藏在什么地方呢？我的眼睛在一片迷茫中寻觅，我为我自己此时的臆想而感动，似乎我从来就是一个容易感动的人？

②初夏走近了我们，抚摸着我们的脸，而我却找不到合适的词语去描写它，我想也许词语躲在什么地方等着我去寻找然后再将它们擦亮吧？擦亮以后的词语将会以什么样姿态示人呢？我以为春夏的步伐从来都是从容而矫健的，如果一直朝前走向秋季，那就不用去寻找了，到时候漫山遍野的累累果实就会告诉你它们究竟在哪里？诗人陈陟云说过，"语词的高蹈，沦陷于血肉的传奇／只有钟摆的苍老，预示相爱的短暂／一生只照亮一秒，一秒几乎长于一生"，人生具有幻象性和虚构性，可谓"一生何其短暂，一日何其漫长"。时光的小船已经划向了夏季的河流，它将继续顺水而行直抵秋天的河流，我们在宏茫的宇宙面前，如何能做到"仰俯自得，游心太玄"？于有限中获得无限，于瞬间把握恒远，也许，永恒，往往在一刹那间收藏。

1. 初夏来临，具体通过哪些描述来体现？
2. 分析文中画线语段①作者想表达的意义。
3. 从修辞手法的角度赏析画线句子②的表达效果。
4. 文章末尾说"于有限中获得无限，于瞬间把握恒远，也许，永恒，往往在一刹那间收藏"，谈谈你对这句话的理解。

参考答案：

1. 夏天的雨，夏天的树；雨中扫地的清洁女工；樟树林里欢快的黑鸟与花径里活泼的小黄狗。

2．对劳动者工作负责、不怕吃苦精神的一种赞美。

3．用了拟人的手法，"走近""抚摸""躲"等词语的运用很贴切，生动形象地写出了初夏来临时作者的欣喜与快乐。

4．时光无限，瞬间珍贵，不能留住转瞬即逝的刹那，但记忆长河却可以将一切美好瞬间收藏于内心，成为永恒的财富与回忆。

沉在湖底的天堂

这个下午终于从躁动烦闷慢慢复归为安静怡然，这种不期然而然的心理转换应该是从阅读张立勤开始的。张立勤是国内有一定影响的散文大家，与其相识是一种美丽的邂逅。她思维敏捷、联想丰富，脱俗的表述和清新的风格常常让我沉醉于她的文字里遐思冥想、乐而忘返。

《安静的颗粒》一文是张立勤的新作，是她在欣赏修拉油画后的观感。"这些颗粒还都是颜料，但当它们经过了修拉，它们就变成了颗粒——多么安静的颗粒啊！"文章就这样看似漫不经心却又是源于内心的一种诉求而开始的。于是，我随着她的文字一起欣赏起修拉的画来：一条清澈见底的河流，彼岸是高低参差的楼房，此岸是一片草地，绿荫下一个身着长裙的年轻女人带着一条奔跑的小狗。所有的一切景象，全部都是色彩经过修拉之手变成的颗粒构成的。

法国新印象派画家修拉为了充分发挥色调分割的效果，常常采用不同的色点并列地构成画面，在张立勤看来，即为分解的颗粒。她情不自禁地发出了自己的感慨："这些颗粒，由内心往外的方向出生。我看到了那个方向，不涌卷，也不出声。当它们停在画布上往四处扩展的时候，依旧不涌卷，不出声。它们各自停在自己的位置上，互不打扰。它们很干净，像在持守爱情。"这样的理解带上了张立勤极具个人化的色彩。她在文章的结尾十分平静地说："我非常喜欢这幅画是一个下午，一个我自以为的下午。因为，我在我的下午——也在分解，分解到颗粒，安静到颗粒。"如此看来，张立勤是从修拉的绘画作品里读到了一种安静。我疑心这种安静真是她"读"出来的。只是有些不明白为什么要和她自己的下午联系起来呢？

就在这样一种略微不解的揣测中，我很快联想到了诗人远人的文章，上午在浏览晚报时读到的，题目为《城市里的鸟鸣》，开篇就提到自己身居闹市，不喜欢高楼、霓虹和公路，除了必要的应酬，下班后喜欢窝在家里，"因为家中总是安静的，不会有什么不喜欢的事物来打扰"。又是一个欲求安静的人！然而，鸟的声音对于远人来说又是那样亲切、优美："我忽然感到我听见的其实不是鸟鸣，而是大自然在对我发出它的声音。它既不是召唤，也不是倾诉，它只是发出它的声音。"如此，我们可以从远人的文字里感觉到，①<u>人的内心对于安静的趋向性并不排斥声音的出现，关键是什么样的声音——愿意倾听的声音会让人感到幸福，而噪声却让人感到烦躁和不安。</u>"行文至此，我听到窗外又飞快地掠过几声鸟鸣。在钢筋铁骨的城市，能听到这些珍贵的声音，我其实是多么的幸福。"

远人的这份内心独白不正好是对我那种不解和揣测最好的

回答吗？果真是心灵的一种不谋而合了。难道这个喧嚣繁华的世界还有一个又一个需要去寻找安静的人吗？若你，若我，若他？

　　远人在文章里提到了梭罗的《瓦尔登湖》，我也随着他的导引再一次来到梭罗的"湖边"，仿佛看到了遥远的1854年美国康科德州一汪澄清的水边站着一位寂寞的思考者。这本书的译者徐迟先生说：②"<u>《瓦尔登湖》是一本静静的书，一本寂寞的书，一本孤独的书，一本寂寞、恬静、智慧的书。</u>"可惜的是若干年里这本书不为广大读者所熟悉，就是成为世界名著之后也还是寂寞地沉睡于"湖底"。你想想，喜欢热闹的人会去读它吗？忙碌于场面的人会去读它吗？奔走于南北东西的人会去读它吗？那么，谁会成为它的读者呢？也许只能够是心底孤独、欲求安静的人吧？梭罗在当时资本主义高度发达的美国见惯了高楼霓虹、灯红酒绿，他一度感到厌倦，感到疲惫，于是类似中国的隐士看破红尘、归隐田园，在安静的瓦尔登湖独自生活了两年零两个月，从中感受到了释放重负的喜悦，也许与陶渊明的"采菊东篱下，悠然见南山"有异曲同工之妙吧？

　　这样一种与现实走脱的逃离方式，对于今天的大多数人来说，恐怕也只能够是活动活动心眼罢了。因为，毕竟我们与这个社会和周围的生活环境有着千丝万缕的联系，真正看破红尘、隐于林泉的还是微乎其微。张立勤只能够在修拉的画里感悟安静，远人也坦率地说："我没在野外，仍是在这个城市。不管我多么不喜欢城市，我还是得在这个城市里继续生活。"君不见，讨厌高楼，可很多人在热衷于买房；讨厌铜臭，可很多人在热衷于发财；讨厌仕途，可很多人在热衷于考公务员。有几人又能够真正与现实隔断呢？

在这个熙熙攘攘、忙忙碌碌的红尘世界里，在震耳欲聋的摇滚乐中，没有心灵的天堂，高官没有，富人也没有。心灵的天堂究竟在哪里呢？让我们寻找到那个远古静谧的村庄，然后沉到梭罗的瓦尔登湖去吧，一汪湛蓝而澄净的湖水，是洗涤心灵、安妥心灵、休憩心灵的最好去处。

1. 请从文中找出法国新印象派画家修拉作品的画面感。
2. 画线句子①表达作者什么样的心理状态？
3. 画线句子②采用什么修辞手法？
4. 作者关于与现实世界走脱的逃离方式一段的议论，你赞同吗？为什么？

参考答案：

1. 一条清澈见底的河流，彼岸是高低参差的楼房，此岸是一片草地，绿荫下一个身着长裙的年轻女人带着一条奔跑的小狗。

2. 在熙攘、忙碌、喧哗的红尘世界里，人们犹如处在震耳欲聋的摇滚乐中，让人厌倦与烦躁，也许更愿意听到大自然的鸟鸣声，更向往大自然的宁静。

3. 排比的修辞手法，其作用是不断强化、层层递进、增强语势。

4. 虽然这个世界有些嘈杂与喧闹，但没必要完全隔离。与现实走脱的逃离方式，对于今天的大多数人来说，是不切实际的想法。

21

关于一棵树的遐想

　　一向还算恋旧的我，迟迟不肯从居住十余年的老房子里搬出，似乎总有这样那样的理由。直到开始请人搞装修了，仍然磨磨蹭蹭并不怎么在意，任由工匠们拖拖拉拉超过合同规定时间的好些日子。等到全部竣工后，也不急着搬迁，心安理得认可理论上说的，新房子最好闲置一两年住进去才不至于被甲醛毒化。安静的时光，一天天很有耐心地等待着我，拖到最后再也找不出淹留的理由，何况新年在即。

　　新居是一套复式楼，我喜欢这种错落有致、不甚规则的结构，尤其喜欢上下两层宽松敞亮的室内阳台。将所有的重要家具搞定之后，我们将旧房子露天阳台上的盆花全部搬了过来，从视觉效果看感觉还不错，屋子的每一个角落都为绿色所充斥，为新居增添了许多生气，也为我每天的生活增添了不少乐趣，看一看，闻一闻，浇浇水，剪剪叶，无一不是生活的调节与享受。①<u>一位书人说得好，在这个世界上，能够做到令身边十个人愉悦的人，已经不多了，而植物，却几乎令所有人愉悦。</u>

　　我们去花卉市场精心挑选了一批养眼的花木。那位健谈的卖花人特意为我们推荐一棵风姿绰约的树，这棵树比站立的人要高出一头，蓬勃向上的枝干，浓密繁茂的枝叶，不知道它是来自山中的自然形态，还是经园囿花工精心雕琢之后的作品？在寒冷的风中，枝叶发出细微的声响，像是在与我言说着什么。卖花人告诉我们这树有个很好的名字，"幸福树"。我疑惑地看着这位卖花人，希望从他的脸上读出答案来，因为我懂得，任何植物的名字，看似自然普通，却是神秘而神圣的，谁能够随意地赋予它们一个呢？②看着这棵颇有缘分的"幸福树"，品味着这名字不可抵抗的含义与诱惑，我不由自主地掏出票子与卖花人轻轻松松地进行了交易——他在制造"幸福"，我在买进"幸福"，如此而已？

无疑，这棵意义非同一般的树成了我家新居的贵客，我们将之放在客厅与阳台交接处最显眼的地方，进门来一眼就可以看到。每天我耐心地伺候着它，全家人也都小心翼翼地对待它，唯恐哪一天不尽心而导致它枯萎。不知道到底是什么原因，这棵"幸福树"过不了多久叶片就开始泛黄，憔悴损的模样，这是我最为害怕的。是浇水过多还是浇得不够呢？或者是被厚厚的水泥墙拘囿，缺乏自然的阳光雨露？面对着它，我有点束手无策，实在不敢轻举妄动了，就是浇水，每次也是很保守极小心地淋那么几滴，意思意思。因为微信里有人提醒过，花是浇死的。然而，熬过一个冬天后，在大地回春的日子里，这棵"幸福树"终于落光了所有的叶子，只剩下光秃秃的枝干。

春天日复一日地暖和起来，然而我的盆花总不见有蓬勃光鲜的迹象，它们伛偻着身子，叶子也蔫蔫的，像一个个失血缺氧的老人，窝在苍白的时光里，被岁月的阴影笼罩着，张扬不出半点精气神来。正好，有次我们去楼顶观赏周围的风景，看到眼前空空荡荡的一大片，这空间完全可以利用起来的，商议一番后，决定将我们阳台上几近枯萎的花花草草搬上楼顶，包括那棵"幸福树"，也颇费气力地搬了上去，将它从大花钵里抽出来，弃置于最不起眼的一个角落。那些细细密密、歪歪扭扭的树根，像极了一个人脉络不畅的毛细血管。

我以后上到楼顶时，居然对这棵已经死亡的"幸福树"视而不见，从它身上抽出的那只花钵，在朋友的指导下，已功利性地埋下了两粒丝瓜种子。种子很快发芽，看到丝瓜秧子生机盎然地往上攀爬时，我似乎收获了另一种快乐。然而，我的盆花搬上去一段时间后，始料未及地全部焕然一新。更令人惊讶的是，那棵已经全部干枯的"幸福树"，竟然也开始在树根部冒出几片新芽，慢慢地，慢慢地，新叶迭出，再过一段时间，这棵树的新叶已经往上长到半个人高。原来，它没有死，它还活着？！看来花花草草的生命，恐怕害怕人为的强制行为，害怕失去深山幽谷，它们需要餐自然之风雨，饮天地之精华。

生命的迹象，已经奇妙地回归到这棵被判定为死亡的"幸福树"身上，我们除了赞叹生命的顽强、赞叹大自然的神秘力量，还能说什么呢？这棵"幸福树"到底从未死亡，还是重新复活过来？我至今尚未找到答案。总之，它现在活得很精神很生气。相形之下，我不免感到有几分惭愧，在歉疚中来回往返地行走，差不多觉得我是不是已然成为这棵树的杀手？是我曾经一度将它送入死地，而大自然却适时地解救了它，使它获得了新生。

我想起有人说过，了解一种植物，你能够做的只有：呼吸它、触摸它、感觉它的气场。如果它不在你身边，那么四季不断地去看望和观察它。说到底，喜欢一种植物就像喜欢一个朋友，对一棵树一朵花所花费的时间，绝不能比与一位朋友交往的时间更少。你得全心全意、专心致志，你要认真与它交流，与它说话，与它倾诉，让它懂得你的情感，懂得你对它的喜欢，倘若一个人真能够做到这样，一棵树还忍心离你而去吗？谁说植物没有心灵？谁说植物没有情感？就是一茎小草，你若在心里栽种了它，它也一定会在你心里发芽生根、相伴永远的，它们为生命所做的努力，并不亚于人类。那么，我们该如何滋养它的心灵，滋润它的生命呢？

1．谈谈你对文中画线句子的理解。
2．结合语境，说说"它们佝偻着身子，叶子也蔫蔫的，像一个个失血缺氧的老人，窝在苍白的时光里，被岁月的阴影笼罩着，张扬不出半点精气神来。"这一句子中加点的词有什么意思？
3．作者为什么迟迟不愿意从旧屋迁居新居？
4．联系自己的生活实际，谈谈你对本文最后一段的理解。

参考答案：

1．①说明自然生态中的植物一般都是令人赏心悦目的，而作为社会人，在交往过程中，会有一些不同的见解与看法，多少会影响人与人之间的交往，而植物不会，它是安静的、被动的，总会令人赏心悦目。②有三个"幸福"，关于幸福的含义，在这里变成了一种灵活的运用，感觉生动而有机趣。"幸福树"真能带来幸福吗？"幸福"能制造吗？"幸福"能买进吗？发人深思。

2．"佝偻""蔫蔫"" 失血缺氧"三个词都是形容老人缺乏精气神的，用在"幸福树"身上，说明这棵树生命垂危。

3．作者是一个恋旧的人，同时害怕新房子的甲醛毒害身体。

4．世间万物都有联系，对一棵树要像对朋友，懂得珍惜，常常关心，与之交谈，就会得到回报。

在阿尔卑斯山上

记得还在读小学时,做大学教师的舅父给我讲过一个故事:一次,有人采访拿破仑:"请问您是怎么征服阿尔卑斯山的?"拿破仑没有直接回答,他叫住一个士兵,命他上到屋顶,然后听自己的口令朝前走。那士兵听命,精神振奋地朝前走,快要走到屋顶的边缘时,拿破仑的口令并未停止,那士兵仍然昂首挺胸继续前行——直到一头栽下楼去。拿破仑回头对那位采访者说:"看,我就是这样征服阿尔卑斯山的!"这个故事听起来有点残忍有点血腥,我一方面对那位忠贞而死的士兵心生恻隐,另一方面为拿破仑信念坚定、勇往直前的英雄气概所感染。阿尔卑斯山,从此在我的印象中,与拿破仑有着千丝万缕的联系。

后来我才了解到,阿尔卑斯是欧洲最高的山脉,分布在法国、意大利、瑞士、德国、奥地利和斯洛文尼亚六个国家的部分地区,主要分布在瑞士和奥地利的国境内。征服阿尔卑斯山,就意味着征服整个欧洲。关于拿破仑征服阿尔卑斯山的壮举,西方有相关表现的艺术作品比比皆是。

有两幅油画让我记忆犹新,一幅是雅克·路易·大卫的《跨越阿尔卑斯山圣伯纳隘道的拿破仑》,画面中的拿破仑意气风发,志在必得,左手握住牵马的缰绳,右手指向高高的山峰;另一幅是保罗·德拉罗什的《拿破仑越过阿尔卑斯山》,画面中的拿破仑好像是骑着一头驴,用手捂着胃部(有记载说拿破仑患有较严重的胃病),眼睛凝视着前方,面部表情既坚毅又有点疲惫。两位画家均描述了这场马伦哥战役的胜利：1800年5月，拿破仑翻越险峻的阿尔卑斯山，以少胜多地击败正在意大利的奥地利帝国军队，从而决定了意大利战场的胜利。相形之下，我更喜欢保罗·德拉罗什的这幅画，不像诸多作品总是过高地美化拿破仑，而将拿破仑作为一个人并非一个神来表现，客观地、艺术地再现了历史的真实。据史料记载，在拿破仑之前，欧洲没有一个国家的军队超过二十万，拿破仑倡导民族主义和爱国主义，曾组织了超过三百万人的军队，在欧洲所向披靡，取得过一系列辉煌的胜利。

在瑞士吃过午饭，团友们以一种渴盼的心情，上了我们的专用大巴。从车窗里往外看，低洼地里散开着疏密不一的住房，仍然还是瑞士的风格与气韵，呈现出一种祥和安静的美好。

不知不觉，我们便来到了阿尔卑斯山脉瑞士中部的最高峰——铁力士山的山脚。今天所有人都穿上了棉袄，有的还戴上了帽子，全副武装做好登山准备。说是登山其实并不恰当，因为都是坐缆车上去，比起以往真正负重登山的人来说，我们要容易多了。

我和巧玲挨在一起坐在缆车上，一边说话，一边观景。缆车里面的几部手机在不停地咔嚓咔嚓。眼前被雪覆盖的高山，看上去柔若无骨，却有着不可摧折的阳刚禀赋，且光线明亮，空气清新。颜永平先生突然兴奋地指着半山腰说，"你们看，那是什么动物？是一只鹿还是一只狐狸？"我朝他手指的方向看去，睁大了双眼，却什么也看不到，到底有什么呢？难道，他看到的是山中的精灵吗？就像小说《白鹿原》中那只富有象征意义的白鹿精？颜永平先生还在目不转睛地看着那里，杞人忧天似地自言自语道，奇怪了，这山上怎么会有动物呢？满山遍野都是雪，它们吃什么？它们怎么生存？

这些疑问，短时间内很难找到可信的答案。正如海明威也无法告诉他的读者，那头豹子为什么会死在乞力马扎罗山上。正在浮想联翩时，缆车已经将我们送到了铁力士山的山顶。白雪皑皑，茫茫一片，团友们一个个童心未泯，孩子般手舞足蹈地向山顶跑去。哪知雪深路滑，很多人都摔了跟头，他们无所谓地仰面躺着，哈哈大笑起来。然后，一个个面对雪山，大声地即兴演讲起来。

高大潇洒的翟杰教授，叫上几个从"文革"走过来的团友说，来，我们一起唱歌跳舞吧！他率先唱起来："不敬青稞酒呀，不倒酥油茶，也不献哈达，唱上一支心中的歌儿，献给亲人金珠玛……"哦，是一首很遥远的歌了。他洪亮的歌声立刻回荡在空旷的雪山。随即又有张亚芬、朱新民、李梅、袁雅萍等几位参与进去，他们越唱越欢，越跳越起劲，激情澎湃，舒缓优雅，吸引着全体团友和一些外国友人围在一边观看，为他们送出热烈的掌声。

我相信在场所有的人此刻都已经忘却了年龄，忘却了身份，忘却了时间，忘却了空间，忘却了红尘世界的诸多杂乱、喧嚣、浑浊、扭曲、失落、纠结等，曾经一度惹上尘垢的心灵，在如此纯净的雪山，在这般欢快的氛围里，得到了荡涤与净化，精神境界也得到了升华。

这样近乎集体狂欢的一场载歌载舞真是可遇而不可求，有的人终其一生，也许从未邂逅到这样的快乐。机不可失时不再来，当我扔掉肩包，想轻轻松松跑进他们中去时，却是一曲终了，好不遗憾！

此时，王银茂先生取出随身携带的一幅书法作品，上面书有"纵横捭阖"四个大字，团友们协助他一起展开，轮流在雪山拍照留念。我用手机定格下了这一幕,感觉他书法作品的这四个字可以作为我们今天阿尔卑斯山之行一个最完美的句号:既追缅了当年叱咤风云、所向无敌、征服整个欧洲的英雄拿破仑,也展现出我们中国演讲代表团的豪情壮志,生命不息,演讲不止。壮哉!美哉!

1. 围绕登阿尔卑斯山用了哪些材料?
2. 联系上下文,理解加点词语的意思,并说说其作用。
①我一方面对那位忠贞而死的士兵心生恻隐,另一方面为拿破仑信念坚定、勇往直前的英雄气概所感染。
②眼前被雪覆盖的高山,看上去柔若无骨,却有着不可摧折的阳刚禀赋。
3. 品读文中画线句子,并赏析其表达效果。
4. 文章结尾时,王银茂先生取出随身携带的一幅书法作品,"纵横捭阖"四个字在文中起什么作用?

参考答案:
1. ①舅父关于拿破仑的故事,与阿尔卑斯山有联系;
②关于拿破仑征服阿尔卑斯山的油画,表现其英雄气概;
③雪山上的演讲与歌唱,以及书法作品的展示。
2. ①"心生恻隐"写出了作者对忠贞而死的士兵一种敬佩与惋惜。
②"柔若无骨"形象地写出了大雪覆盖的阿尔卑斯山状貌。
3. 对现实社会的批判,表明作者对安静与纯粹的向往。
4. "纵横捭阖"在文中起点题作用,既追思拿破仑一往无前的英雄气概,也表达了中国演讲团的信念与决心,升华主题。

躺在你的孤独里静听风声

　　你走了，马尔克斯，一个寻常的日子，你永远离开了这个世界，离开了你曾经的孤独……

　　你那本传世的书，《百年孤独》，此刻安静地躺在我的书柜里。不知道有多少个日子没去翻动它了，蒙上了薄薄的灰尘，微风轻拂，灰尘四处逃逸。遥想那一年，我第一次知道了你的书，但我并不经意你的名字、你的国度、你的年龄。我想我知不知道这些对于你来说并不重要，你是永恒的，你是属于全人类的，我懂得你的孤独，世纪的孤独，这种孤独也是人类所共有的。

　　你特有的孤独，在全世界每一个角落里行走。紧随你孤独的身影，我在你泛黄的书卷里穿行。可不可以这样问一问，你的孤独源于何时？你的孤独会像卡夫卡的孤独那样可怕吗？卡夫卡由对孤独的被动承受到对孤独的主动追求，他曾经决绝地说："我将不顾一切地与所有人隔绝，与所有人敌对，不同任何人讲话。"这样的一种孤独颇令人感到害怕，尽管在他看来，"孤独不仅是传统观念中所理解的需要逃避的一种内心体验，而且是现代生命追求的心灵境界"。我不相信你的孤独会是这样，只是你后来功成名就了，光环那么强烈地罩在你头顶，而你却拒绝一切热闹，自甘冷清，自甘寂寞，自甘孤独。

　　①<u>循着你走过来的路，我企图找到你孤独的影子，是从孩提时候开始的吗？</u>你与外祖父、外祖母两位老人生活在一起，或许你是孤独的，但你却是一个喜欢探寻事物的孩子，有一天，你竟然对冰块发生了兴趣，你对你的外祖父说："能不能带我去看

看冰块？我还从未见过冰块呢！"看到你眼睛那样清亮，充满了强烈的求知欲，外祖父马上应允，带你去了香蕉公司的仓库，于是，你生平第一次看到了冰块。

说到这里，让我记起了一个下午，记起了一堆冰块，记起了一位上校，也记起了《百年孤独》那段经典的开头，曾几何时，我对这一段咀嚼再三、倒背如流，很多场合在朋友们面前朗诵："多年以后，当奥雷连诺上校站在行刑队面前的时候，他会想起他的父亲带他参观冰块的那个遥远的下午，那时候，马孔多还是一个小镇……"原来，生活的原貌成为你构思小说的蓝本和源头。孰料，这本书的写作自从你动笔开始，整整写了十五年！

1982年，你的孤独走到了前台，走到了辉煌的聚光灯下，走到了铺满鲜花的世界大道。不计其数的人向你欢呼，他们为你精巧的构思、罕见的想象、超群的表述震惊了。你的叙事语调独特，质朴本真，也绝少故作深沉的铺垫，常常长驱直入，切入主题。从内容到形式都处理得十分恰当，让人感觉厚重荒诞。很多人为你笔下那个神奇而魔幻的马孔多小镇而迷惑了。②<u>从此，你不再孤独了吧？你的名字在世界的上空飘来飘去，在很多人的口里传来传去，与你神交的人遍及五大洲、四大洋。</u>

可是，你并不喜欢热闹，不喜欢记者采访，不喜欢被人邀请讲座，不喜欢与人争个高下……你仍然喜欢一个人安静地坐在书房，点上一支烟，默默地构想你的故事，你的人物。你说，只要书房里安静无声、光线明朗、暖气充足，你就可以安心写作了。

这些话，让我感慨良多。文学创作，你取得了巨大的成功，你已经站在高山之巅了，可你却如此淡然，如此安静，殊不知世上很多人甫一取得点成绩，就会头重脚轻，高调张扬，甚至自恋张狂。

博尔赫斯曾评价《百年孤独》是一部最能体现西班牙浪漫主义色彩的书,通篇故事中几乎没有爱情,却体现得浪漫温暖。细细想来,正是你的这种孤独造就了这种浪漫。孤独并不是可耻的,需要摒弃和践踏的,书中每一个人经过的挣扎,最终都在孤独里找到了依靠,对于他们来说,这比爱情更为可亲;对于他们来说,除了孤独,没有什么是永恒的;对于他们来说,百年的孤独造就了千年的孤独。

马尔克斯,你突然走了,突然离开了你心爱的书房,突然离开了你钟爱的孤独。我不知道,在未来的日子里,你的孤独会不会继续向这个世界敞开胸怀?但我想我会于每一个清晨、每一个黄昏、每一个夜晚,寻觅你孤独的气息,安静地躺在你的孤独里,聆听遥远的风声……

1. 画线句子①与下文哪个细节相呼应,请找出来品一品。
2. 画线句子②表达了作者怎样的感慨,请加以赏析。
3. 找出文中你最喜欢的句子,并大声朗读,然后谈谈你喜欢的理由。

参考答案:

1. 多年以后,当奥雷连诺上校站在行刑队面前的时候,他会想起他的父亲带他参观冰块的那个遥远的下午。
2. 抒情加议论,体现了作者对马尔克斯的钦敬与敬仰,说明马尔克斯的孤独不是个人的,而是与时代密不可分,这样的孤独已经影响到了全世界。
3. 本文抒情较多,包含了作者深厚的情感,可根据自己的体验自由选择,简单概述。